猪·鹿·狸

[日] 早川孝太郎 著

任海丹 译

北方联合出版传媒(集团)股份有限公司
万卷出版有限责任公司

ⓒ 早川孝太郎　2024

图书在版编目（CIP）数据

猪鹿狸 /（日）早川孝太郎著；任海丹译. -- 沈阳：万卷出版有限责任公司，2024.5
ISBN 978-7-5470-6465-8

Ⅰ.①猪… Ⅱ.①早… ②任… Ⅲ.①民间故事—作品集—日本—现代 Ⅳ.①I313.73

中国国家版本馆CIP数据核字（2024）第047056号

出 品 人：	王维良
出版发行：	北方联合出版传媒（集团）股份有限公司
	万卷出版有限责任公司
	（地址：沈阳市和平区十一纬路29号　邮编：110003）
印 刷 者：	辽宁新华印务有限公司
经 销 者：	全国新华书店
幅面尺寸：	145mm×210mm
字　　数：	170千字
印　　张：	8
出版时间：	2024年5月第1版
印刷时间：	2024年5月第1次印刷
责任编辑：	王　越
责任校对：	张　莹
封面设计：	仙　境
版式设计：	李英辉
ISBN 978-7-5470-6465-8	
定　　价：	39.00元
联系电话：	024-23284090
传　　真：	024-23284448

常年法律顾问：王　伟　版权所有　侵权必究　举报电话：024-23284090
如有印装质量问题，请与印刷厂联系。联系电话：024-31255233

凡例及其他

一、本书提及的内容悉是发生在由北至南流经三河东部的丰川河上游地区的故事。其中大部分是发生在南设乐郡的横山（长篠村），因此仅涉及地名的时候，均指该郡境内的地方。

二、提及地名的时候，既有遵从现行行政区划原则的情况，也有依照传统，将部落名称作为村名使用的情况，二者不尽相同。这是为了在内容上的尊重讲述者原有的语言，更贴合他叙述时的语气，别无他意。

三、故事中出现的年代，表述为"距今数年前"的说法，均是以本书首次出版的大正十五年为基准。另有"明治某年"之类的说法，则是根据故事中的时间线索推测出来的结果，旨在最大限度地保持故事的准确性。但如后记所述，想必其中不乏推测有误的情况。

四、目录标题与其章节内容未必完全一致。只不过是将能想到的同种类型的故事归在了一起，采用了"围炉夜话"似的形式，尽量保持轻松的故事讲述氛围。

五、本书中的故事不仅是动物的故事，更是涉及家族历史和个人事迹的故事。与其说这些故事讲述的是动物，莫不如说其重点在于阐述人和动物的关系。因此，书中并不讨论某些动物学中值得关注和有待商榷的学术问题，仅把动物作为乡村生活中的参与者来考虑。

六、插图是为了使读者能更好地理解故事。有些是根据写生图片绘制，有些是凭借着记忆所描绘。鉴于便于理解的目的，插图本应该多多益善。囿于时间仓促、杂务缠身，非常遗憾所绘制的插图篇幅有限。借此次再版机会，重新绘制和添加了插图。

七、如开篇说所述，本书作为冈村千秋先生乡土研究社的丛书之一，于大正十五年出版问世。出版时，曾蒙冈村先生多方关照。

此事在后记中虽有致谢，但并未提及先生姓名，特此郑重表示感谢之意。

八、此次再版新增了序言，更换了插图。不仅如此，还修改了一些文章和部分词句。但故事内容并未有替换，只是为了便于理解，在语言表达上有所斟酌。

九、继《猪鹿狸》的旧版出版后，又收集到一些新的故事，产生了再版时增补内容的想法。但因为心境和想法已经不同从前，而最终作罢。正因如此，再版的后记依然使用旧版的跋文。

十、最后是关于书名，本打算继这本书之后再出版《鹰猿狼》和《鸟的故事》，将这个系列做出两部或者三部作品。

实际上，这本书出版的时候仍健在的芥川龙之介先生曾和我说过，他想要写一本名为《梅马莺》的书，一个偶然的机会看到我这本书的时候，惊讶于它们都是一个系列的书名。

早川孝太郎
昭和十七年一月

目 录

凡例及其他 / 001

代序 / 001

野猪
- 一　寻访猎人 / 002
- 二　背着野猪崽的猎人 / 006
- 三　野猪之患 / 011
- 四　防猪围栏的故事 / 016
- 五　驱逐野猪的稻草人 / 022
- 六　野猪与文化 / 029
- 七　野猪驱退符 / 034
- 八　幻想中的野猪 / 039
- 九　野猪的踪迹 / 042
- 十　偶遇野猪事件 / 045
- 十一　猎捕野猪的笑谈 / 048

	十二	旧时的猎人 / 052
	十三	山神与猎人 / 055
	十四	买猪人与猎人 / 059
	十五	野猪胆 / 064
	十六	被受伤的野猪追赶的故事 / 068
	十七	世代相传的野猪猎人 / 073
	十八	不可思议的猎人 / 076
	十九	巨型野猪的故事 / 079

鹿	一	逃入深涧的鹿 / 084
	二	追寻鹿的踪迹 / 088
	三	引鹿群 / 093
	四	鹿角逸事 / 097
	五	鹿皮的裁付绔 / 100
	六	鹿毛祭 / 104
	七	山中怪事 / 108
	八	鹿形砥石 / 111
	九	猎鹿人 / 114

十　十二岁的首猎 / 117

十一　一家的结局 / 121

十二　鹿之玉 / 125

十三　净琉璃御前与鹿 / 129

十四　母鹿的眼睛 / 132

十五　鹿胎 / 135

十六　捕鹿陷阱 / 138

十七　巨蛇与鹿 / 142

十八　木材工匠和鹿头 / 145

十九　大鹿群 / 148

狸

一　狸怪 / 152

二　狸的装死术 / 155

三　狸的巢穴 / 158

四　捕兽夹子与狸 / 161

五　捡到狸的故事 / 164

六　扬沙 / 167

七　狸与识货的人 / 169

八　狸之火 / 172

九　唤人狸 / 174

十　漆黑的灯笼 / 177

十一　变成锄头的狸 / 181

十二　是狸还是水獭 / 184

十三　化成少女的狸 / 187

十四　狸怪与年轻人 / 190

十五　墓碑上的头颅 / 193

十六　身着红衣的狸 / 196

十七　召狸的传说 / 199

十八　狸的印盒 / 202

十九　旧茶釜的故事 / 205

二十　老房旧事 / 208

二十一　狸的结局 / 212

后记 / 216

代 序

　　那是大正十四年的初夏，这本书出版的前一年的事情。刚刚探访出羽后的飞鸟回来时，我前往羽后国[①]由利郡一个叫作矢岛的地方，从当地老人们那里探听来一些关于山中野兽的故事。我选择了金浦海岸线附近的山路，横穿过广袤的冬师荒漠——据说那里有狼群出没。正因为路途艰难，所以听来的故事才印象深刻，记得格外真切。矢岛是旧时生驹家的城下町[②]，沿子吉川逆流而上，又占据了鸟海山东北角一带的笹子村、直根村等村落。那里是紫萁、竹笋、香菇诸多山货交易的集散地，又是山中野兽故事的云集之所。正因如此，听完笹子村的故事后，我又寻

[①] 日本旧时的行政区划单位。始于大化革新，止于明治维新，羽后国的范围大约包括秋田县的大部分地区和山形县的饱代地区和酒田地区。

[②] 以诸侯的居城为中心发展起来的城邑。

访到了直根村这个有百户人家的部落。

老人们讲述的山中野兽的故事，对于我这样一个生长于东海道山村的人来说有些奇怪。那是因为提及的都是狼、熊、鹿和羚羊，都没有说到野猪的故事。在日本说起山中野兽，狼就自不待言，熊、鹿、猿、羚羊等都是常见的动物。我本以为野猪多得很，应该比其他动物出现得更加频繁。不可思议的是，在老人们的故事中几乎没有野猪的出现。于是，我试着把话题转向野猪，结果在座的老人们一下子都沉默起来。其中一位面相敦厚的老人说："最近从来没听说有野猪在附近出没过——以前也许有过。"这让我颇为意外。也是从这以后我才意识到，自己认为随处可见的野猪，在东北地区似乎并不多见。认为野猪无处不有的想法，是我这个生长于温暖的东海道人的错误认知。如果将来要写一本关于日本野兽的《风土记》的话，这将是一个值得大书特书的话题。

说起动物的分布，即使是青森县这样寒冷的地方，其境内也有开满山茶花的小岛。野猪们为了找到适宜生存的土地，甚至会居住在沟渠的附近，也许还会栖息盘踞在其他我们料想不到的地方。但是从地理位置上看，常陆的八沟山一带是个明显的分界线，在这以北的地区鲜少有野猪的足迹。

在福岛县的南会津和新潟县的山地地区，猎人们的狩猎目标不是鹿就是熊、羚羊、猿之类，野猪更是极为常见。即使看到野猪在雪地里奔跑，也不足为奇。从野猪的习性上来说，它们更喜欢光照充足的稀疏山林或是茅草丛生之地。陆前本吉郡的海岸线附近，在地理位置上偏北，但因为具备前面所说的条件，所以常有野猪出没。反之，鸟海山麓等地虽然地理位置上靠南，但到处都是高大茂密的山毛榉树林，缺乏野猪喜欢的生存环境，反而没有野猪活动的踪迹。

与野猪相比，鹿的分布情况意外地广泛；即便是现在，南到宫古列岛，北至奥羽甚至是北海道均有分布。鹿总给人一种兽中贵族的感觉，常被人误会其生存能力要略逊于野猪。实际上，鹿甚至能在树高林密的山林和雪地里自由自在地生活。而今，很多地方都难再寻觅鹿的踪迹。生存能力如此强的鹿在各地逐渐销声匿迹，人类的滥捕难辞其咎。在这一点上，野猪的情况与鹿有所不同。事实上，在常陆的八沟山一带，往日鹿的数量好像远远超出了野猪，而现在鹿和野猪都很少见了。

如今，在水户市和太田镇的居民还有不少人认为，生活在八沟山山麓的人们是完全依靠狩猎生活的。实际上，那已经是四五十年前的事情了。即便如此，他们讲的故事也值得一听。果不其然，故事中出现最多的还是鹿。隆冬时节，当大雪覆盖了下野的那须高原，鹿群就迁徙到八沟山的山地。鹿不是熊或獾那种必须冬眠的动物，不像它们那样讨厌雪，但还是趋向生活在较为温暖的地方。也许，鹿拥有完美的四肢，又常聚集群居，也是它们会集体迁移的原因吧。

昭和元年的秋天，我探访常陆的八沟山（实际上横跨了常陆、磐城和下野三处地界）时，当地的猎人已经寥寥无几了。在久慈郡的黑泽村附近住了一晚后，第二天，我去拜访了中乡的一位猎人。一到他家门口，就被直径四尺的大木桩做成的门柱吓了一跳。接着，从门内走出一个眼眶深陷、满脸胡须的彪形大汉，一打眼就让人感觉这人莫不是阿依努族吧。这位老人说话的样子至今仍历历在目。他告诉我们说："泽山一带曾经常有熊出没，现在没什么能够证明的证据了。但你们接下来要去福岛县东白川郡的话，可以去乔木村的伊香找找看——现在也许已经没有了——那里的诹访神社以前每到祭祀的时候，就会供奉熊头，森森的白骨高高地堆放在神社前的房子那里。"

辞别了这位老人，我又去拜访了上乡、矶神等部落的猎人。果然，他们的猎物要么是熊，要么是鹿，很少有野猪。但也不是完全不猎捕野猪。矶神的猎人们会把狩猎时穿的鞋吊挂在家里——这种样式古朴的鞋就是用野猪的皮制作的。这位猎人告诉我们，听其他老人说过还有通体雪白的野猪，叫作"白猪坊"。居住在日光的汤本附近的猎人们用野猪的皮毛缝制鞋子，取名"猪皮靴"。从这样的事例来看，这一带从前应该有为数不少的野猪。

越往西走，野猪的故事就越多。伊豆天城山的皇家猎场——是猎人首领们争名夺利的场所——与山城云之田一起，是每年报纸上的常客。捕获的猎物中有鹿，听说也有不少野猪。此外，以三河的伊良胡为中心，辐射到近江的伊吹山麓，从伊势绵延到纪伊，流传着很多野猪的故事。特别是在大和地区的玉置山，因为出售驱逐野猪野鹿的护身符，而与秩父的三峰神社齐名。

涩泽子爵家藏有《猎猪古秘传》一书。以我的私见，这是一部在民间狩猎传说方面颇具参考价值的珍贵图书。书中的记录年代大约是德川幕府末期，遗憾的是，故事发生的地点不甚明确。不过，从其内容推测的话，应该是在大和到纪伊一带。我最感兴趣的一则信息就是，当射伤的猎物逃到其他领地时，猎人也会一路追踪，直至将其捕获。

中国地区[1]关于野猪的故事比比皆是。现如今不管是在冈山的山村还是周防或长门等地都有野猪频繁出没。几年前，有一次留宿在石见那贺郡的温泉旅馆，听当地的老人讲了一整夜关于猎捕野猪的故事。四国地区的狩猎故事中，野猪也是常见的主角。

从中国地区跨越海域抵达九州，这里绝大多数是关于野猪的故事，鹿的传说则较为罕见。听说，这些年从鹿儿岛县的马毛岛迁徙来的鹿，在博多海的残岛上繁衍生息，数量甚至多到危害当地农业生产的地步。从岛上回程的时候，同船的还有一头刚刚捕获的大鹿。不过，这种鹿属于人工繁育的品种，应另当别论。

此前，我在福冈居住的时候，从丰后的久珠镇和大野郡的三重镇，多次购买过野猪肉。南海部郡的因尾村和东部的八沟山麓一样，流传着许多猎人捕获野猪的故事。据说，猎人们会把猎物带到三重镇再处理。这一带常有活

---

[1] 日本地理区域概念。具体指日本本州西部的冈山、广岛、山口、岛根和鸟取五个县所在的地方。

着的野猪出没，但我最感兴趣的还是"千猪冢"的传说。

"千猪冢"就是以猎捕到一千头野猪为限，为了祭奠这些野猪的亡灵而立下的冢。福冈的佐佐木滋宽先生告诉我们这样的冢到处都有，也许是因为我没有特别留意，迄今为止尚未看到过。在肥后的五箇庄，我听过类似的故事，他还告诉我在仁尾村就能看到"千猪冢"，但因各种原因最终也没能前去确认。

在土佐也有类似的故事，叫作"千头猪"。与其说是建冢祭奠野猪的亡灵，莫不如说将猎捕野猪的数量到达一千头视为不祥之兆。这种传说不仅限于野猪。其他的野兽——比如鹿——也应当有类似的传说。也许鹿才是"千头冢"的原型，远江的"千头山"的地名传说便是其中颇具代表的一个例子。

在诹访神社之后，也有供奉鹿头祭祀的地方。另一方面，以狩猎为生的猎人们也有去诹访神社参拜上供的习惯。据说，写着"诹访神社供奉"的牌子一放到路边，就有往来的马车夫将牌子放到驮货物的马鞍上带走。接下来我要说的是三河的北设乐郡的故事。菅江真澄的游记中记载了这样一件事：在黑石在六乡村的鹿泽，不知道什么原因，在岩石上雕刻了很多泽山鹿头的形象。

在"千头猪""千头鹿"的传说中,"千"字别有深意。无论是哪一个传说都与猎捕野猪有关,在猎人中间广为流传,这也是我最感兴趣的地方。这样想来,如果没有大量的野猪出没,那么这样的传说也就没有办法流传下来。另外,在柳田国男先生的《后狩词记》一书中记载了九州地区也是野猪的栖息之地。该书还记录了日向椎叶村(西臼杵郡)猎捕野猪的方法。

在冲绳,野猪被叫作"山猪"。野猪不仅栖息在冲绳本地的山地,其足迹远至遥远的八重列岛的石垣岛。以岛上的万年青岳为轴心,整个岛都是野猪的大本营。这样一来,就有不少岛上的居民投诉山猪糟蹋农作物,导致颗粒无收的情况。和冲绳岛的国头地区一样,在这里把以猎捕野猪为生的猎人叫作"犬挽"。把防止野猪进入的栅栏叫作"犬垣",猎捕野猪多用长枪。我听已故的岩崎卓尔老人家描述过石垣岛人用的长枪制式。因为没有见过实物,没办法详细描述,大约是同飞单大野郡等山地地区传承的长枪有诸多相似之处。

我在国头郡国头村曾听过冲绳的野猪故事,至今仍然记忆犹新。那里也有和前面说的"千头猪"类似的故事。不一样的是,这里流传的故事中数量不是"千头",

而是"百头"。据受访者说，其目的是供奉还是祭祀不甚明确。不过，猎人们在泽山捕获了野猪，都会邀请亲属设宴款待。因为年代久远，记忆有些模糊，好像在设宴款待宾客的同时，还会举行射击比赛等，已成为一种固定的仪式。

在与此地相去甚远的常陆山村里，也听到过类似的故事。那个地方就是前面提到过的久慈郡黑泽村，在八沟山的山麓一带。当地的猎人们直到明治中期都还举行一种被称为"百丸愿"的仪式。这个仪式并不是捕获猎物达到百头时的庆典，恰如其名，这是向山神祈愿，希望能够猎捕到一百头猎物而举行的仪式。"丸"在打猎的行话中指"心脏"，"百丸愿"就是与神明立下祭献一百个猎物心脏的誓约。直至不久前，还有实现了这样愿望的猎人在世。我为此感到颇为不可思议。

时至今日，世人凡事都以物质为上，在这个强调价值和意义的世道，很难理解"百丸愿"的目的。这个我从当地人那里听说来的故事，用现代的方式理解起来就是一种激励，抑或是一种自我鞭策。也许，对那些当事人来说未必如此。就算没有办法说得清楚那些猎人们的想法，也不难想象这是他们所追求的自豪感与荣誉感。所以，若是比作"千元储蓄"虽不能严丝合缝，但也不乏相通之处。

将这种情感类比体育精神，可能更好理解。当今社会提倡身心锻炼，但那不过是从强调目的和意义的立场出发的阐释，真正让人动心的还是令人骄傲的优越感。这样说来，八沟山山麓的猎人们满腔的热血，有几分类似于古代战场上斩下敌军首级时武士们的心理。

前文提及的《猎猎古秘传》中，知名的猎人被称为"壮夫"或者"萨夫"。"壮夫（ますらお）"或许是"猿男（ましらおとこ）"的误读，而"萨夫（さつお）"里面的"萨（さつ）"究竟是源于古语"天之征弓（あまのさつゆみ）"中的"さつ"，还是"山珍海味（やまのさちうみのさち）"中的"さち"不得而知。仅是上面两例，我们无从得知"さつ"和"さち"的本质含义，但可以通过民间传说故事，特别是猎人之间流传的故事，不难想象其中包含了一种威力无穷的灵魂力量。在天龙川腹地的猎人社会里，传说有一种叫作"しゃち"的灵力。"しゃち"能够附着在猎具上，决定狩猎的成果。"神弹""神枪"等名称就是由此而来的。如果因为一些原因使"しゃち"游离在外，那么这个猎具就徒有其表，成为废品了。讲述这类内容的小故事层出不穷。我曾在《民族》杂志上发

表过题为《三远山村手记》的文章，此处就不再赘述了。这里提到的"しゃち"与"さつ""さち"绝非仅是语音上的相似，在语义上的关联也是毋庸置疑的。于是乎，如果身体能够得到"しゃち"或"さつ"的灵力加持，这个人就能扬名立万。我无法断言"千头猪""千头鹿"的故事是否与"しゃち"有关，八沟山麓一带的狩猎行话"百丸愿"，已经或多或少地体现出人们争名逐利的心理，才会为了达到目的许下愿望。

"百丸愿"等事例自不用说，预先设定好猎物的数量是旧时狩猎常见的做法。《后狩词记》中有一则让我很感兴趣的记载，那就是在肥后和日向，猎人们为了捕获猎物，会用海里的虎鱼请出山神。这本书里详细地记录了他们的做法：在出猎之前将捕获的虎鱼用一层白纸包好，向山神起誓说如果捕获到一头野猪就将白纸剥开，露出虎鱼，供奉给山神。而实际上，真的猎捕到猎物之后就在虎鱼的外面再加上一层白纸，然后再次起誓。虎鱼的外面就这样会被裹上层层的白纸。而我听到的说法却与书中的记录正好相反。说是在出猎的时候先设定捕获猎物的数量，然后用相同数量的白纸将虎鱼层层包裹住；捕获一头猎物就揭开一层白纸；直到最后达成目标揭下最后一张白纸；

代序　011

在山顶找一个清净的地方放好虎鱼，供奉给山神。据说，在那一瞬间会听到类似枪炮声似的恐怖声音。关于这样的故事，我也听一位偶然结识的、住在西臼杵郡日向鞍冈村的老猎人提起过。有一次，他和同伴弄到了一条虎鱼，打算尝试一下这个方法。担心太过于贪婪会招致祸患，就只在虎鱼的外面裹了五张白纸。也不知道是不是山神真的显灵了。这一天，他们很快就猎捕到了五头野猪。然后，他们就按照传说中的做法，把已经风干的虎鱼放到了山顶。但当时并没有听到什么特别的声音。

窃以为"千头猪"与"百丸愿"或许有着千丝万缕的联系。在丰后大野郡的猎人圈里，有一些常规的捕猎做法：捕获到猎物后先把猎物的肚皮划开，取出心脏放到提前准备好的白纸中间；猎物的心脏——也就是狩猎行话中所说的"丸"——将白纸的中央染出一个红色的圆印，形成了一个日本随处可见的"太阳旗"。接着，将这面旗穿上签，插到地上用于祭祀。这面"丸"染就的旗帜所到之处就是神迹所在，也有人认为是神冢之处。这让人不禁大胆地揣测，日本国旗的设计理念是不是也来源于这种传统的狩猎习俗呢？从猎人圈中传承的事迹来看，将血视为日之神，血与禁忌之间的关系并非无稽之谈。还有一种被叫作"十二染木"的习俗——用捕获猎物的血液染红木签，作为神的标记而祭祀参拜，这种做法在土佐本川村的猎人间广为流传。

对马的陶山庄右卫门曾经策划过一次猎猪行动——虽然称不上是狩猎——但纵观日本近世时期[①]有关野猪的历史事件，其惨烈状况空前绝后。从元禄十三年开始着手准备，前后花费了九年时间，捕获到的野猪高达八万多头。当时，全岛的人口也不过三万两千人，约占猎捕野猪数量的三分之一。如果不是铤而走险地发起大决战，人类的命运会陷于多么危险的境地啊。正因如此，在《逐猪驱鹿纪要》当中，由主祭诵读的祭文内容如下：

> 猪鹿泛滥，岁岁为患，危害良田，收成锐减，民不果腹……为防猪鹿，人力耗尽，农田荒废，谷物不生，民不聊生。祈神知悉……

叙述的场景着实令人悲痛。可是换成野猪的立场来考虑的话，这无疑是一场灭顶之灾，是种族灭绝的噩梦。

[①] 自1603年到1867年的日本德川幕府时期，也称为江户幕府。

在这之后仅仅九年的时间里，除一对放生到朝鲜牧岛的野猪外，其余无一幸免，全部丧生。

对马的野猪是因为威胁到人类的生存而快速灭绝。实际上，随着人类生存面积的不断扩张，野猪渐渐消失的地方不计其数。鹿、熊、狼也是相同的情况。从人类的立场来看，同样也是为了生存不得已而为之。作为对手的野兽数量急剧下降，人类就像失去旗鼓相当敌手的勇士，难免心中惆怅。就这样蚕食掉所有伙伴，最后孤零零地只剩下人类自己，不无寂寞地生活在这片土地之上。憎恶也好，痛恨也罢，都是关系亲密的表现。事实上，我们人类和动物的关系很多时候也是这样。陶山庄右卫门曾评价将一对野猪放生到朝鲜牧岛的行为，说这与平清盛将源氏遗孤驱逐到蛭岛有相通之处。由此可见，所谓的胜者都是寂寞的。

在日本的历史上，与原住民熊袭、佐伯、八束胫和虾夷等民族的争斗不胜枚举。与动物之间，虽然鲜少有记载可供查询，但是不难想象对决曾经发生的频繁程度。这些都能从流传至今的狩猎习俗中窥视些许线索。

猎人从狩猎场归来，就像凯旋的武士那样欢欣鼓舞。九州的阿苏和五箇庄的猎人们，捕获猎物就会吹响螺号传递信息，一齐唱起献给山神的歌曲《同下山》。听到歌声后，村里的妇女儿童回到山间垭口处迎接。这是名副其实的"夹道相迎"。此外，在南会津的桧岐等地，把猎物叫作"胴缔"——把木桶当作"身体"塞到猎物的皮毛里，做成活的动物的样子。让年轻人背着这个混在前来迎接的村民队伍中。队伍中有人腰间佩戴着荷包，那是为了彰显他第一次射中猎物而获得的荣誉。仅仅是听人说起这些，眼前就能浮现出生动的画面。

不仅是在前面提及的福岛县的伊香，很多地区都有把猎物的上颚骨做成饰品的风俗。在肥后五箇庄有一家姓平盛的猎户，把野猪的骸骨整整齐齐地码在房屋门框的横木上做装饰，粗略数来有两百多个。遗憾的是，后来家中遭受火灾，那些东西也都悉数烧光了。不知何故，冲绳的猎人们非常珍视野猪的上颚骨，有用它装饰家门的习俗。在日本中部等地区，把山犬——日本狼的一个品种——的上颚骨当作除魔的信物挂在腰间。也许两者之间有些渊源也未尝可知。

针对日本国内动物数量逐渐减少的现象，有的动物学者声称是由于这种动物群体中流行了非常严重的瘟疫。确实有记载佐证了明治三十年前后有过类似的情景。但也正是那个时期，日本的民族文化迎来了一个重大的转机，原始传统的生活习惯仿佛感染了瘟疫而陆续消亡。不可否认的是动物灭亡了，动物和人之间的恩怨也被遗忘殆尽。

　　民间传说中也有能与动物学家的观点相吻合的情节。例如，在陆中的远野地区，数百头御犬——日本狼的一个品种，成群结队地越过山崖，消失得无影无踪了。放学回家的小学生们翻过山梁的时候发现有许多野兽，从前面看有牛犊大小，从后面看像狗那样瘦，前爪抬起，头部低垂，静静端坐在那里。它们时而仰头吠叫，像树林旁边的木头桩子一样坐在光秃秃的山坡上。紧接着，就消失不见了。这类的故事在别的地方也有流传。

　　另外，在阿伊努族的传说中，鹿群消失的理由是因为远渡重洋去了日本本土①。后面的鹿把头搭在前面的鹿的屁股上，就这样一头接着一头，像念珠一样串在一起，渡海而去。

　　下面的故事类型略有不同。肥后的五箇庄（八代郡）等地，直到几十年前还生存着很多的野猪和狼。肥后和日

---

① 指日本的本岛地区，包括北海道、本州、四国、九州四个日本领土中最大的岛屿。

向的交界处耸立的内大臣山绵延数里，那里聚集了成群的野兽。猎人们发现有一群狼远远地围住了一群野猪。就像在大海里，围住一大群沙丁鱼的鲣鱼，伺机从外部吞噬鱼群。有的野猪通体漆黑，有的黑白相间，有的浑身雪白。这一大群毛色不一的野猪，历经数日从一座山迁徙到另一座山。狼是在什么地方攻下这一大群野猪的呢？当时看到狼群和野猪的人们都非常好奇。这个故事是居住在九连子村的平盛春永先生告诉我的。听说，他的父亲是五箇庄首屈一指的猎人，也是目睹野猪群迁徙的当事人之一。

如前所述，似乎栖息在泽山的兽类快速消失的原因有二：一个是瘟疫流行说；另外一个就像阿伊努族传说中的那样，野兽头尾相接，像念珠那样穿在一起渡海迁徙。但在我看来，恶疾肆虐似乎还不至于种群灭绝，人类毫无节制的滥捕才是它们灭亡的主要原因。在这方面，多产的野猪或许不是这种情况。不难想象的是，一年只产一胎的鹿很可能是因为这个原因才迅速地销声匿迹。同时，也很难断定野兽曾大量存在的传闻是否属实。

即便如此，这片土地上的野兽在不断减少是不争的事实，让人心生悲凉。人类的知识越是发达，越是无法与动物们同生共息。动物们远离人群消失殆尽，也是无可奈何的历史变迁。

　　我在书中提到的三河丰川上游的野兽故事，只不过是动物消亡过程中的沧海一粟，但也是它们最后的绝唱。或者说是它们曾经存在过的痕迹，或者是其留下的余韵，抑或是更加幽深的回忆。但这故事中的场面永远无法再现，仅成为后人们的一点儿谈资。

猪·鹿·狸

野猪

一　寻访猎人

现在想来，那是三四年前的事了。当时因为想听狩猎的故事，我曾去拜访过一位当过猎人的男子——很久之前就认识他，但却是不久前才知道他曾是一位猎人。

不凑巧的是，我前去拜访的那天，他到山里锄地去了。听他家人说他没在家的时候，我有点沮丧，但还是问了田地的位置，往那里出发找他去了。

从小镇的街道走到山间小路，我走了两三町①远。在一块洼地的对面，有一座被砍伐得很厉害的、长满了各种

---

① 日本旧时的长度单位，1町大约是110米。

各样低矮树木的小山。一看就能知道，那就是我要找的地方。

新筑好的田埂，隔出来好几块新开垦出来的田地。其中一块田里有位弓着腰的白发男子，正在专心致志地筛着土。旁边放着一辆结实的手推车。我以前就听说他有些耳背，所以走到他身边才大声地告诉他我的来意。他刚开始好像没太明白，一脸茫然。聊着聊着，彻底了解了我的来意之后，他就默默地笑了，脸上神情也放松了下来。不一会儿，他朗声大笑起来，说了句："那些事能有啥用处呀！"接着，就非常愉快地讲起了他的狩猎经历。

他大约是从十六岁就开始猎捕野猪了，捕猎的足迹踏遍了近间山的每一寸土地，有时候还会远赴至伊势路的地界。接下来他所说的，就是那段时间的事情。有一年，他听说了在奥郡（渥美郡伊良湖崎）有野猪在泽山出没，就和朋友一起出发去猎捕野猪了。他们两个人扛着猎枪走在赤羽根的海边，看见离海岸不远的岩石上零星地停落着一群鸬鹚。当作消遣似的放了一枪，鸬鹚群受到惊吓，都飞了起来。其中一只掉入了海里，随着海浪浮浮沉沉。他们俩都没办法取回那只掉落的鸬鹚，为自己的无能感到失落，无可避免地陷入一种乡下人常有的悲伤情绪当中。正当二人打算就这样走掉时，一个在附近田间耕种的男子朝他们跑了过来。这个男子从头至尾都在观察这边的状况。见两人要离开了，就跑过来搭讪说："小师傅，你们不要那个鸟了吧？"说完，就纵身跳入海中把鸟捡了回来。"师傅"是这一带的人对猎人专属的称呼。

这番话让我仿佛看到春和日丽的海边，猎人和朋友两个人在闲庭信步、悠闲狩猎的模样。实际上，猎人的工作非常辛苦。在有限的猎人中，有些人不仅要守在周围的山林，还会为了捕获猎物从一个山追踪到另一个山，很少才能回到家里看看。

猎人说，他今年已经七十七岁了，从十几年前就断然结束了四十多年的杀戮生活。现在回到普通的农耕生活，余生都将致力于开垦田地。他说现在当了农民，确实不像当初打猎那样有趣。再说得严重一点儿，年轻的时候就是因为不能忍受耕种的无聊才去做了猎人。他就这样坦白着自己的心事，非常谦虚地谈论着过往的事情。令人开心的是，这位老人虽说已经放弃了打猎，但还是兴趣盎然地听我说着从别处听来的狩猎故事。

那天晚上，我更是到了这位猎人家去拜访。他亲自泡了茶，拿出点心来款待我，还从储藏室角落里找出一条破破烂烂的，用鹿皮制作的裁付绔[①]给我看。那是用他年轻时捕获的一头大鹿的鹿皮自己缝制的。他很失落地说："珍贵的猎枪已经卖掉了，当猎人时候剩下的东西也就只有这个了。"

那些猎捕野猪的故事也和遗忘在储藏室角落里的裁付绔一样，已然成为过去的故事。然而，作为猎人的对手——野猪却依然频繁地出没。现在这位老人耕种的水稻，每到秋天都会被野猪祸害。与世间的文化与狩猎工具的发展成正比，野猪的出现并没有减少。

[①] 一种日本传统的男式裤子，腰部到膝盖较为宽松，膝盖往下较为紧贴，类似于绑腿模样。

二　背着野猪崽的猎人

　　这是我刚刚七八岁时候的事情。有一天，父亲有事外出远行，家里剩下母亲、我和年幼的兄弟姐妹们睡在一间屋子里。因为是山里的村落，秋天一到就早早地有了凉意。正在打盹的时候，从门外传来似有人嗒嗒敲门的声音，把大家都吵醒了。最早惊醒的妈妈向外面询问了一声，然而门外的人好像没有听到，依然在敲门。又问了两三次后，终于得知他是邻村的猎人，大家才都松了一口气。询问敲门的原因，这个猎人说是因为刚才在相知村村口打到了一头野猪崽，没有往家搬运的工具，所以想来我家借一个背东西的背板（参照图片）。听他说完，妈妈从

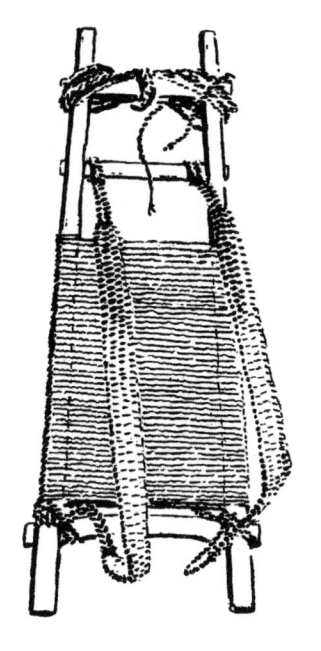

背板

门口杂物房的角落里取出背板,开门递了出去,那位猎人拿到后就匆忙地离开了。这件突如其来的事情让我既有几分忐忑不安,又倍感兴奋好奇,因而迟迟不能入睡。在这样的一个夜晚,只身一人在山中跋涉的猎人形象,对于年幼的我来说,有无限的神秘感,激起了我强烈的好奇心。

过了一会儿，门口又传来了敲门声，是刚才那位的猎人又回来了。听到声音后，我马上起床，催促着妈妈一起出去。说到底，这是件让我一直惦记的稀奇事。

夜色之中看得不真切，我只能隐隐约约看见外院阴暗处站着的男子肩上有块突起。大约是倒吊着绑在背板上的野猪的腿。

据这位猎人说，他当时蹲在田边的土坝上等待天亮。只听从高处的山里传来踩断草梗的窸窣声。声音越来越近，他借着夜晚的星光定睛一看，是一大一小两头野猪踏着月色下山而来。猎人大致瞄准了野猪崽就开枪了。野猪崽应声倒地，从坡地的草丛间滚落下来。大野猪见状仓皇逃走了。那地方就在我家田圃的旁边，所以他一说我马上就知道是哪里了。

沿着田边的小路往前走，就会看到路边长着一株有三根主干的古老杉树。每回下地耕田，我们都会在这树下的阴凉地吃饭。猎人讲了猎捕野猪大致的经过，又点起一根烟，再三致谢后，顺着门前的坡道离开了。如今想来，那天晚上的经历就像做了一场梦。

这个男子名叫龟佐，是猎人之中有名的胆大之人。他的搭档是同村的一个年轻人，是个相当胆小的家伙。别说猎捕野猪了，看到野猪的影子都要逃跑。多亏了龟佐这个胆大的猎人，胆小鬼搭档每次也能收获颇丰。关于龟佐，还有一个这样的传闻：说是村里有位老爷子，在看田小屋外拉了一圈带响哨的大网。龟佐在完全没有弄响哨子的情况下，就走到了小屋门口，默默地掀起门口的帘子对

山脚下的茅草屋

老爷子说"老爹,今天晚上我来守夜吧",把老爷子吓了一大跳。从前那些本领高强的猎人都已经去世,现如今敢一个人在山中跋涉的也就只有龟佐一人了。

就是这样一个胆色过人的男子,在珍爱的猎犬被山中野兽咬死的时候,哭了三天三夜。那是一条非常聪明的红毛猎犬。即使是主人不出去狩猎的时候,它也要每天去一趟山里,捕一些兔子或是狸回来。有一次,红毛猎犬进山后三天都没有回来,龟佐拜托了左邻右舍的人一起四处寻找,最后在石头山的一块大石头背面发现了它——喉咙被咬穿,已经气绝身亡了。大约是被狸或其他什么动物咬死的。也许那个动物也因为这红毛猎犬吃了不少苦头。也有人说这是猎犬跟着龟佐在泽山捕猎过多,杀戮太重而招了报应。听说自从那件事发生后,龟佐一下就苍老了许多。如果现在还健在的话,他应该七十多岁了吧。

三　野猪之患

到了秋天，稻穗变黄的时节，耕种山里田地的农户就一晚也不得安生。本来就是贫瘠的冷浸田，还频繁遭受野猪的侵袭。临近秋收的农忙时节，村民会在太阳落山后抽空制作几十根竹箭刀。料想着当晚野猪差不多会出现，就趁黑把竹箭刀插在野猪的必经之路上。我曾经跟着父亲去见识过。那是一片叫作池代的山边田地。父亲告诉我野猪就是从山顶上下来的。我抬头仰望着山上幽深漆黑、枝繁叶茂的杂木林，不安的情绪溢于言表。

从山上到田边的山崖下，像栅栏一样密密麻麻地竖满了竹箭刀。第二天一早，我跟着父亲四处查看，其中一

竹箭刀

根竹箭刀沾上了五寸左右的黑血。父亲拿起竹箭刀仔细观察，我在旁边激动得心如擂鼓地盯着看。

"竹箭刀"也可以叫作"竹刀"，是把略粗的竹子砍成三尺左右的竹筒，然后把细的那端削尖的猎具。据说这是一种流传已久的制作方法。

"竹箭刀"本来是插在陷阱里面，用来插死野猪的猎具。此外，也可以插在山崖下面或者围墙内侧，用来捕获猎物。把"竹箭刀"作为恫吓野猪的防卫性工具，也许是人们无奈之下的灵光闪现。制作"竹箭刀"需要用到的箭竹依然茂密，长满了山谷，而"竹箭刀"已经被人们淡忘了。

　　被野猪糟蹋过的稻田一片狼藉。尤其是遇到带着野猪崽的母猪，稻田到最后往往被践踏得惨不忍睹。稻穗被啃光后，稻秆被踩到泥土里，偶尔有立着的稻秆也像是被收割机收过一样，稻谷颗粒无存。据说野猪能一口扯掉好几根稻秆上的稻穗。经常能听到说有人看着空空的稻秆，止不住地哭泣的事情。并且，收拾野猪过境后的稻田，更是顶麻烦。旁边的田地遭受了野猪之患，即使这边田里的稻穗还未成熟，也匆匆忙忙地收割起来。因为就算稻谷还没成熟，收割后只能用来做炒米，也总比都被野猪啃光的要好。这样的故事不绝于耳，对野猪的憎恶就越来越深。日暮西山的时候，趁着劳作的间隙，农户们总是跑到猎人家里拜托他们帮忙猎捕野猪，除此之外别无他法。

　　在凤来寺村的长良那里，有一户人家发起悬赏，说捕获一头野猪，就答谢一升酒。陆陆续续前来用野猪换酒的猎人越来越多，可周边的野猪却一点儿也没有减少。仔细打听了才知道，那些猎人为了得到赏酒，不惜千里运来野猪领赏。这家人知道之后，急忙结束了悬赏。

村里有一个男子，他家旁边的芋头田里，每晚都有野猪来拱芋头。而且野猪胆子越来越大，天刚擦黑就来了。有一天晚上，他准备好了猎枪守株待兔，漫无目的地放了一枪，也没想着能打中野猪。本来他开枪只是为了吓跑野猪，没想到歪打正着，一枪打死了野猪。等到天亮，看到野猪的尸体时，简直不知如何是好。和狐狸、兔子那类的猎物不同，这重达三十贯①的野猪，对于三四口人的家庭来说，吃是吃不完的。一个成年男子也很难挪动它。卖就不用提了，即使是想分给邻居，也很难不惊动有狩猎执照的猎人们。万一被偷偷告到警察局，可就惹上大麻烦了。事实上他也听说过哪里有过类似的事情。绞尽脑汁地想了一通，最后找到他媳妇那边的关系，和附近猎人坦白了情况，把野猪卖出去了。

猎人把野猪搬走前的两天两夜，这家都将野猪用草席遮得严严实实的，藏在田地的角落里。虽然他们也从猎

---

① 日本旧时的重量单位，1贯大约有3.75千克。

人手里得到了一点儿报酬,但这期间消耗的精力,也不比对付野猪轻松。不管怎么样,对于农户来说,野猪都是一个麻烦至极的对手。

四　防猪围栏的故事

野猪出没的道路叫作"兽道"。当野猪要去农田的时候一定会途经兽道，猎人们也会沿途设下陷阱。我年幼的时候，村里这种设在田边的树丛里猎捕野猪的陷阱，多半都塌陷了，只剩下的几个也都荒废了。陷阱的位置大多在距离旱田几间[①]到十几间的地方，洞口直径大约六尺，洞深二间有余。一次，有个朋友掉到了废弃的陷阱里，把他救出来简直费了九牛二虎之力。

陷阱是为了防范野猪过来糟蹋田地，但也有专门用

[①] 1间大约是1.8米。

它来猎捕野猪的猎人——在陷阱上面架上细木条，再铺上茅草之类的伪装，陷阱里面插满前面提到过的"竹箭刀"。据老人们说，本领高强的猎人不会用这种方法捕猎。这样的陷阱猎捕到的大多是野猪崽，很少能抓到大野猪。

野猪崽又被称作"瓜小子"。因长相酷似一种甜瓜，皮毛上有白色的条纹而得名。掉入陷阱插在竹箭刀上的野猪崽，就像盂兰盆节时的精灵马①。下面是从我奶奶那里听来的故事。有一次，我家邻居的陷阱里掉进了一只硕大的野猪。野猪身上插进了三根竹箭刀，还在暴躁地挣扎，一直不断气。附近的居民都过来用石头砸它，费了好一番力气才砸死。那个时候每家每户的房屋旁边都挖了陷阱。

掉进陷阱的除了野猪，自然也有其他野兽，其中最多的就是狼。这样的故事也是广为流传。

四十五六年前，凤来寺山麓吉田屋某家的后院陷阱里面掉进来一只狼。当时，村里好多人都聚拢过来，用藤蔓做了簸箕，四角系上绳索后下到了陷阱洞底。狼爬上簸箕后，人们拉动绳索把它拽了上来，放走了它。第二天，

---

① 一般由黄瓜和茄子制作而成，因为形似马匹而得名。在日本的盂兰盆节祭祀活动中，被用来招待祖先灵魂回家时享用的祭品。

野猪　017

那个陷阱里面又掉进来一只鹿。不必多言，这是那只狼为了报恩而赶来的猎物。

听说狼掉进陷阱后会狂吠不止。有个胆量惊人的猎人与我家颇有渊源，他讲给我们的故事正好能印证之前的传闻。他家屋后的陷阱里也曾经掉进去过一只狼。一般的处理方法就是用藤编的簸箕把它拖上来放走。但这个猎人毫无惧色，架了梯子下到洞底，单手把狼抱上来，放走了。狼非常开心地摇着尾巴跑远了。村里人被他这种胆大包天的行为吓得魂飞魄散。当时，狼为什么没有任何反抗呢？据说是因为那个猎人一直念着"无字诀"的缘故，至于这个"无字诀"究竟是什么，如今已经无从可考了，抑或是一种"咒语"吧。还有一件事是明治维新前不久的故事。说的也是狼被放走的第二天，陷阱里面就掉进了一头鹿的事。和前面的故事情节大同小异，这类都可归为"狼的报恩"系列。

接下来要说的是一点儿题外话。除了陷阱，人们还在田地周边挖掘深渠，这也是为了防止野猪入侵。如今这些深渠或是坍塌，或被掩埋，已经所剩无几了。虽然一直把这叫作"防卫渠"，但也许还有别的名字。在这沟渠的外侧用石头垒成高墙，就是"防猪墙"，也可以叫作"防

篱笆

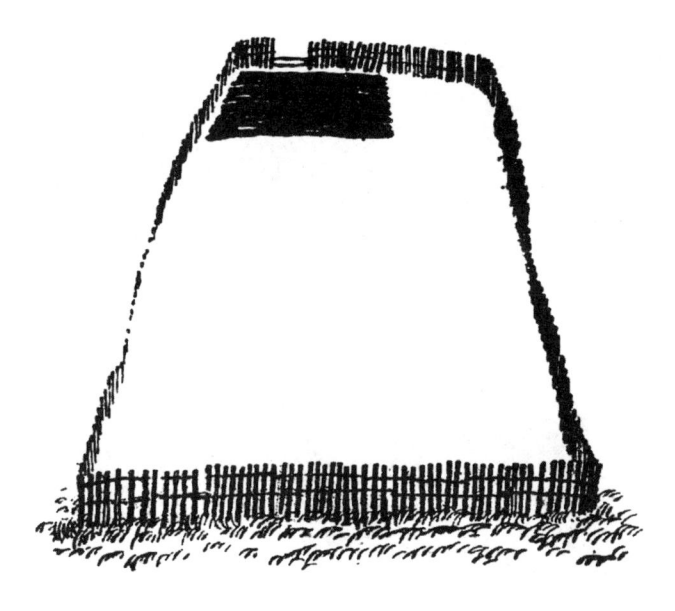

猪栏"或"围挡"的。

总而言之，这是结合了沟渠与围栏的防卫型堡垒，类似于篱笆或是箭镞。说它是防范野猪入侵的"围挡"，其实是一种误用。当地人们口中所说"围挡"，一般是指烧荒的时候围在耕地外面的栅栏——将两根橡子交叉钉

围挡

在一起，以此为骨架，在上面交错着绑上横木（参照图片）。不仅如此，在山间田地边也有这种"围挡"。和烧荒时的"围挡"略有不同，山间田地边的"围挡"是将橡子一根挨着一根地钉入地里，做成半永久式围墙的感觉。

围挡的取材大多是栗子树的方木料，有破损的时候陆续用橡子补上,所以这些"围挡"各处颜色不一。远远望去,山的一面坡地上,经年风吹日晒的围栏褪成白色。围栏之中是连绵不断的青色麦子梯田。好一派令人怀旧的景象。站在凤来寺村的分垂街道,抬眼就能看见一个叫作"领"的部落的山地,那围栏一眼望不到尽头。这一幕景象至今仍历历在目。

五　驱逐野猪的稻草人

我曾在《三州横山话》中写过关于恫吓野猪的稻草人。逐一观察这些稻草人，又发现有些非常奇怪的地方。稻草人又被叫作"阿染"。有人把作为式神祭礼中丈余高的草人脱去衣服，放到山间田地里直接作为稻草人使用。在日俄战争结束的那年，稻草人有了俄罗斯士兵的形象。用胡粉把脸涂成彩色，精心制作的稻草人远看确实像活生生的人。因为带着几分诡异的感觉，想来在驱逐野猪的作用上，也是效果满分吧。

另外，我曾在北设乐郡的田峰见过一种稻草人——

稻草人

骑在稻草扎的马上面。

  用来吓唬鸟的稻草人也是不断变迁的。以前那种穿着蓑衣形象的稻草人，现在已经不多见了。现在的稻草人穿着针织的衣物啦，戴着薄木片做的帽子啦，从形象上更接近我们现在人的穿着打扮。我还听说有人家给稻草人套上了以前人穿的那种旧衫褂的。稻草人的形象各异，但都有些诡异和惊悚的感觉。所以才有了这样的歌谣唱词：

> 召妓归来看妻子，
> 仿佛身处三里山。
> 衣衫丑陋容颜槁，
> 疑似驱猪稻草人。

后三句也有其他的版本，例如：

> 疑在布里或一色。
> 移步走近细端详，
> 驱猪阿染家中坐。

这里面的"布里"和"一色"村落的驱猪稻草人在当地非常具有代表性。无论如何，这样的歌谣唱词都不是住在城市里的作者能够杜撰出来的。

有一种叫作"壁"的传统草束，仿照挂在杆子上的马灯，用破衣服做火把的芯，外面包上稻草或艾草——看起来像是把女人的长头发烧焦后绑在竹签上的样子。或者

马灯与壁

可以将草放入竹筒，从侧面开一个小洞方便排烟。在顶端点上火，每块田边插一个。还有一种小巧的草束，在蚊虫多的时候用于驱虫。在田间割草的妇女把这小巧的草束挂在腰间，这焦臭的浓烟不但能驱除蚊虫，还能让野猪退避三舍。"壁"也叫作"笼"，在东京等地把焦味也说成"笼臭味"。还可以把粗朽木的一端用火充分烘烤后插进田边土里，也能起到驱赶蚊虫、野猪的作用。不管是哪

看田小屋的内部

种方法，都能持续两三天，即便是有点小雨也不影响使用效果。除了稻草人外，还有一种驱除野猪围栏的铁丝网，挂在田边，从一块田地到另外一块田地，顺着山势绵延。这是一种受到战争间接影响的新设计。事实上，真到了收获的季节，为了方便省事，人们还是和以前一样，到山上的小屋里去看守田地。于是，大家争先恐后地在山上建起看田小屋。结果，在一眼就能望到头的山坳里，甚至会有五六个稻草搭建的小屋。

与以往不同的是，现在人们用敲打空的石油罐来替代张挂有响哨的网子，用修建屋顶的亚铅板替代栅栏木。话虽如此，有老一辈人的家庭，还会使用敲击栅栏木的方式来驱逐恫吓野猪。

栅栏木是横放在看田小屋中间，将其一分为二的圆木。看田的人坐在火炉边，拿一根趁手的棒子不时地敲打着栅栏木，熬过让人困倦的漫漫长夜。在敲击的间歇，嘴里会发出"噢咿噢咿"的呼喝声。

孩子们玩的接词游戏中，有"噢咿是山里人家驱逐野猪的呼喝声"的说辞。其中的"噢咿"说的就是看田人守夜时候发出的声音。除了栅栏木之外，也有敲击木板之类的做法。无论敲击什么，当那声音回响在秋夜孤寂的山谷中时，都足以吓走可恶的野猪。想起这驱逐野猪的方法，不由得让人心生眷恋。伴着敲击栅栏木的声音，听着故事，更是让人心头涌起对过去生活的无限怀念。

在我幼年时代亲近的长辈中，有一位八十多岁还住在看田小屋里的老爷爷。老人的儿女担心邻里说闲话，认为儿女不孝顺虐待老人，屡次三番地请老人回家住，老人却一直不肯答应。听说老人一直到去世那年的秋天，还守在看田小屋，敲打栅栏木驱赶野猪呢。听到这个故事，也许有人会倍感悲凉。事实上，对于这位老人而言，在看田小屋里驱逐野猪的日子才是最快乐的时光，也是他最好的归宿。从前的山村，常常会用这样的方法来节省青壮年的劳动力。故事中的老人名叫山口丰作，是一个极其质朴木讷的人。时至今日，每次回想起这位老人，他为消遣敲打栅栏木的声音都会萦绕在我的耳畔。

六　野猪与文化

大家都说，现在的野猪比从前用陷阱和围栏猎捕时候的野猪更加聪明、多疑。说它们多疑，是说它们不再像从前那么容易上当了。微弱的声响，奇异的香味，都会让高度警惕的野猪们不再贸然靠近，并快速知晓了如何躲避这类危险。当它们明白这些危险后，就开始掩盖行踪，变得神出鬼没。一夜之间从十里十五里外的地方奔来，像一阵风一样一会儿出现在山峰，一会儿现身在谷底，夜里又再回到原来的栖息地。猎人们也说，听到有野猪出没的消息，再去搜山寻找的话，为时已晚。

五十年前，野猪偷袭村民们堆在屋旁的稻草垛，把房子周围的甘薯窖挖得天翻地覆的消息屡见不鲜。和那时相比，本应该是野猪栖息的山林，树木越发稀疏，植被日渐荒芜。野猪难以藏身，才日渐多疑起来。特别是前一阵子大举砍伐林木后，野猪几乎销声匿迹了。后来再出现的野猪，感觉已经完全换了一个物种。

山林的面貌已经发生了翻天覆地的变化，和我记忆中的样子截然不同了。我家后面有一片杉树林，里面的蕨

山中庭院

类植物茂盛，能长到一丈来高。奇形怪状的老杉树遮住了两边小路边的引水管。不难想象松鼠每年都会在这些树上筑巢。屋前的田埂边矗立着一株高大的朴树，每到落日时分，树影就覆盖了整片田地。院子里，香榧树庞大的根系霸占了一大片土地，只有一些藤蔓类的植物缠绕着生长在上面。香榧树的枝丫遮蔽了前面的院子，仅是这一株就足以体现乡村庭院的别致。这只是我一家的风景。放眼望去，全村也不过就是在群山当中的几户人家而已。

野猪经常出没在山间的草场和灌木丛生之地。这些地方一定会有成片的合欢古树。盛夏时节，深绿色的草丛中，矗立着树皮灰白的合欢树，红色的花朵绽放在枝头，为深山增添了几分美丽与幽深。听说在草场边种植合欢树是为了草木丰茂，现在大家已经不太相信这种说法了。因为树荫遮蔽光线，不利于草木生长，便把遮光的合欢树都砍伐了。

茂盛的蕨类植物被清理后稀疏了许多，茅草和竹林也被开垦，野猪的藏身之所消失殆尽。况且，从前和野猪一样经常出没的鹿和狼都已经绝迹，野猪更不会出现在这深夜都能听见汽笛声的地方了。

恫吓野猪的稻草人也罢，驱逐野猪的方法也罢，都

合欢树

因为不太用而略显敷衍了。即便野猪就快绝迹，人们还日复一日想着"野猪还没消失吗？野猪还没跑光吗？"这也是加速野猪消失的原因之一吧。

　　也有人说，每逢皇家林地采伐的时候，都有迷路的野猪慌不择路。这也许是真事。因为后来砍伐凤来寺皇家林地的时候，的确有很多野猪逃向附近的村落。

七　野猪驱退符

这个故事发生在一个下着小雨的夜晚。在山里看田小屋的旁边，突然传来奇怪的声音。看守人好奇地掀开门帘往外看去，在田边水井旁有一个漆黑的怪物一动不动地站在那儿。刚开始还以为是个猎人，借着星光仔细打量才发现是一头货真价实的大野猪。

不管看守人如何谨小慎微，稍有差池便会受到野猪的攻击。

有户人家因为人手短缺，就点了马灯挂在田里。讽刺的是，野猪借着灯光，把马灯周围的庄稼啃了个精光。而旁边田地的主人，因为太忙没采取任何驱赶野猪的措施，好几天都没来田地里，但野猪却没有过去他家的田地。这样的事情层出不穷，人们开始相信，只有运气不好的人才会被野猪啃光田地。也有人因为感冒，仅仅一个晚上没去看田小屋，结果就被野猪啃光了稻穗。这样看来，野猪就像住在屋子里的老鼠或者猫，躲在阴暗的角落里，一直窥视着人们的生活。我也曾听到过村里的妇女同情被野猪啃食了稻穗的人家，低声念叨着："他也真是倒了霉了。"

有人想起传说中远江的山住神有能够驱逐野猪的符牌，就前去求取了一个。别人起初还嘲笑他，后来不知为何，心中不安起来，争先恐后地求取符牌回来立在田边。

人们认为山住神是狼的化身，是镇守在远江周智郡奥山村的神祇。

收割后的田野上到处都是箭矢，上面插着山住神的白色符牌。有个男子请山住神符牌时，再三

插着牌子的箭矢

野猪

确认:"符牌是否有效?真的能驱赶走野猪吗?"对符牌的质疑溢于言表。出售木牌的男子吓唬他说:"你要是觉得符牌的灵力不够,就给我还回来吧。"然而,奇妙的是那一年当中野猪都没有出现。第二年,村里再也没有人求取符牌了。村民的心理真是比野猪的行踪还难捉摸。

传说山住神现身，会有异象，野猪或鹿一靠近田边就被吃掉了。又说在山住神显灵的时候——人们不一定能看到——在田边的草叶下面或者石头上面都会显现出惊人的神迹。最近来到村里空庙的住持和尚也是山住神的拥趸，他阴森森地说过："再怀疑山住神的存在，就让它吃个动物给你们看看。"

我也曾拜访过这位和尚，不巧的是他没在庙里，只是向看庙的婆婆打听了一些事情就离开了。佛坛上供奉着山住神，旁边种着神木①，上面挂着注连绳②，后面垂着白幕。佛坛里面有一个五寸见方漆黑的箱子，据说山住神就寓居其中。箱子的表面好像还写着一个"右"字。

我厚着脸皮拜托了老婆婆，想看看箱子里面。她推托说，虽然打开箱子并不麻烦，但之后不好交代，还是等住持和尚在的时候再来吧。又说，据说一旦打开箱子，放出山住神来，它就会发狂，那可就糟糕了。说这话的时候，老婆婆那阴森的表情和写着"右"字的箱子无不散发

---

① 日本神道的信仰认为树木可以召唤神灵或是成为神设置结界的工具，一般种植在寺庙或神社周围。
② 用秸秆编成的绳索用来装饰在神社门口或鸟舍上的草绳，日本神道的信仰认为其能够形成结界，保护安全。

出神秘的气息。后来听说，村子里面的有心人发现住持和尚行为诡异。和尚说山住神无论如何都不会离开这里。之后还在庙后面的山上新建了祠堂供奉山住神。照理来说，这一带应该受到山住神的庇护，再没有野猪侵袭了。而事实上这里野猪时常出没，村民们也不得不在看田小屋里面过夜。

八　幻想中的野猪

曾经有个年轻的媳妇，天还没亮就去村口那个大家常去的山上背干草。走着走着，就看见前方有个灰色的小猪大小的野兽，正叽里咕噜地往前跑呢。这时候，它完全没有注意还有人。这个小媳妇也是个胆子大的，悄悄地在后面跟着走出了三町远，直到它一头钻进了路边的草丛里。回家说起这件事，老人们告诉她那就是野猪。小媳妇大吃一惊之余不免有些失望——野猪也不过如此。

听说过野猪的故事，见过它们践踏水稻、损坏田地、掘出蚯蚓的残局的话，就会勾勒出野猪幻想中的形象。一旦看到现实中真正的野猪，也会像那个小媳妇一样失望吧——那样的家伙就是野猪呀。

在我的印象中，野猪是恐怖而强大的野兽。从记事起就不断听到的故事，给我留下了这样的印象。当我第一次看到猎人从屋子旁边的陷阱中拖出来的野猪时，幻想中的野猪形象破灭了。然而，奇怪的是我又开始幻想另外一种形象的野猪。

我年幼的时候，有一个从八名郡宇里山来的伐木工，在我家住了几日。他是个五十五六岁的直爽汉子，讲起话来滔滔不绝。有意思的是，不管说的是什么，他马上就能转到打猎的话题上去。过了几天我才知道，原来他曾经当过猎人。虽然直到最后也没有机会问他为什么成了一名伐木工，但在那一个月里，我却从他那听来了许多关于狩猎和野兽的故事。其中有一个最让我难忘和感动的，就是关于野猪和鹿的习性差异。在山中四处逃窜的鹿，一旦被打中要害，就会一头倒下去，那场景真叫一个痛快！野猪则没有那么简单了。不管你打中的是多么紧要的部位，它也绝对不会像鹿那样一头倒下去，中弹之后还会跑三两步，接着静静地向前栽倒。听到这番描述，我仿佛看到一个身中数箭或无数流弹的勇士的临终一幕。心中不禁慨叹，野猪真不愧是"野"猪，真是名副其实。

下面是一则关于受伤野猪的故事。据说，要是碰到这样的野猪最后性命必是难保，我就在心中勾画了野猪露出凶猛獠牙的画面。我听人说，村里有人遇到过这样凶猛的伤猪，却灵巧地躲过了它的攻击，还把它引到后面山谷摔了个倒栽葱。真是痛快！对这个故事，我一直深信不疑，还曾多次讲给别人听。

其实，我也曾经沉迷于野猪对猎犬穷追不舍的故事。常常听得入了迷，听多少遍也不觉得厌倦。幻想中的故事也枝繁叶茂，逐渐丰满起来。

九　野猪的踪迹

据猎人们说，野猪在夏季到初秋时节会短暂地偃旗息鼓，休憩在它的巢穴内。野猪一般会在山顶附近茅草丛生的地方选一地势较为平坦之处建造巢穴。它会在地面挖出一个长方形，在里面铺上落叶和枯草，再在上面遮上长长的茅草，从其中的一端进出。

也有野猪把巢穴建在山中腹地，会巧妙地避开低洼的湿地。据说这是为了避开蚊虻的叮咬。野猪们在这里生育幼崽，刚出生不久的野猪崽因为还没长出猪毛，被蚊虻叮死，暴毙在巢穴周围的事情也不少。

茅草丛生的地方顾名思义就是茅草丛，茅草生得密密匝匝，高到六尺以上，是人类难以涉足的地方。

茅草丛里树木品种有限，稀稀落落地生长着几株日本七叶木和枹栎之类的乔木，中间混杂着虎杖，几乎没有其他植物生长的空间。灌木丛经常是在人迹罕至的一隅，茱萸、木通、山葡萄，各种不知名的藤蔓植物缠绕而生。一片郁郁葱葱的植物，遮蔽了阳光，昏暗如同墓冢。到了秋天，这些藤蔓的果实成熟，一齐变了颜色，吸引了鸟群。在这自然资源丰富的处所，常有狸之类的小动物也常常来此筑巢，对于野猪来说也是绝佳的藏身之所。

一旦发现了野猪在泥泞中打滚留下的痕迹，猎人们绝不敢怠慢。野猪们经常在地势低洼的湿地打滚，一脚踩在泥中，立马渗出水来，是名副其实泥泞不堪的湿地。从地形上来说，大多在山间小溪的尽头。曾经，人们还在村外的山中见过野猪打滚。那是孩提时代的事情，记忆已经有些模糊，野猪好像很喜欢在一个固定的地方打滚。它们打过滚的地方就像插秧前蹚平的土地，上面还积了一层清澈的水。那个时候我还听说，野猪是为了给身体降温，才时不时地过来打滚，给身体沾上淤泥。

又有一次，听人们说山里有野猪打过滚的痕迹。从山谷两端向中间的位置，有条狭窄的羊肠小道，被野猪践踏得寸步难行，留下的一个个蹄子印窝里都积满了水。村民们念叨着说："昨天刚刚在这儿出没，今天连个影子都看不到了。"根据野猪留下的蹄子印迹马上就能判断出野猪的年龄，前头尖的是年轻的野猪，前头圆的则是上了年纪的野猪。

野猪们还会在山顶地势平坦的草场中翻来翻去，像农户耕田时翻地一样。据说这是为了翻找蚯蚓或者地蚕，它们留下的痕迹一块一块的，就像用铁锹之类翻过似的。

正因为野猪有翻地的本事，所以有时候它们也会挖出树根，拨开石头，挖出山药来。为了在秋季吸引野猪的注意，人们特地播种了小麦。可惜这些野猪们，绕过麦地去挖了山药。山栗子也是一样。野猪过境后，几乎一个栗子也剩不下。翻遍落叶，偶尔找到一枚，拿起一看，也只是个被野猪吃完果实的空壳。

据说以前还有野猪到村民家里地板下翻找地蚕的传闻。有村民一早醒来，发现后门的土门槛被野猪拱翻了。据说野猪还会到山涧小溪里抓螃蟹，也会吃蛇和蝮蛇，真是没什么它不爱吃的。

十　偶遇野猪事件

经常能听说，野猪不知道有人靠近，睡得鼾声如雷的故事。七八年前，有个妇女上山采集木通时遇到过一次，她和我详细地描述了当时的情况。那里虽说是个山村，但除了猎人之外，很少有人近距离见过活生生的野猪。

村里有座"极北登"山，深深的山涧里面有一条蜿蜒的小溪。一丛横跨小溪两侧的灌木上，累累地结着一串串的木通果实。这个妇女踩倒茅草向那里走去，马上就要摘到木通的时候突然感觉到一丝焦躁，低头一瞥，蓦然发现，横倒的茅草丛里，赫然有只漆黑的野兽在沉睡。她倒吸一口冷气，吓了一大跳。结果发现野猪睡得像只小猫似的，发出呼噜呼噜的鼾声。那个妇女就看了这一眼，赶紧转身逃走了。至于野猪是什么样子、什么姿势躺在那里完全没有印象了。她的注意力都被木通吸引走了，走近了才发现野猪的存在，受到的惊吓一定不小。

然而，成熟的紫色木通和茅草堆里酣睡的野猪形成了鲜明的对比，意外和谐地构成了一幅图画。若是木通的藤蔓上再栖息些小鸟，这画面就更加漂亮了吧。接下来要讲的故事没有美如画卷的场面，是个近距离观察野猪，令人耳目一新的真实见闻。故事的主人公是村里的一个男子。他独自一人在凤来寺的分垂山里烧火制炭。天时过午，他好像听到有什么东西踩断蕨类植物的声音，感觉似有什么东西下山来了。透过树木缝隙一看，一头硕大的野猪正一步一步地朝炭窑走来。事出突然，来不及逃跑也无处躲避。他紧握木炭全身戒备，下定决心在野猪扑过来的时候奋起一搏。

然而野猪看到男子却毫不惊慌，安静地绕过炭窑下山去了。事情的经过就这么简单，听那个男子说，那头野猪长得很吓人，一看就是身经百战的老野猪。毛色与其说是灰色，莫不如说几乎就是白色。从后背到前胸也不知是不是涂了松脂，看起来像是披了一身岩石做的铠甲。这听起来就像评书里面有关狒狒的故事一样，到处都是难以置信的桥段，但亲身经历的人说得言之昭昭，不由得让人对此深信不疑，特别是野猪身上涂了松脂的传闻，在别的地方也曾经听过，并且也有其他能够充分证明这只野猪不同凡响的旁证。在这个事情发生的前几天，就有一只让好几队猎人挠头的老野猪出没此处。按说应该中了三四个子弹了，但却来去自由，总也抓不到它。很多细节都与那名男子说的故事吻合。

之后再没有听到过那只野猪的传闻了。它就算是被打中了，也没那么容易就死掉吧。另一方面，那个在炭窑遭遇野猪的男子，平素就是个沉默寡言的老实人，他的经历也就被人们相信了。他的故事，也会像涂上松脂一样，而被流传下去吧。

即便是住在深山，常年与野猪打交道的人们，也很少有人能冷静地观察它们的生存状态。事实上，在自然生态环境中的野兽，和已经变成尸骸的猎物不同，有一种不可侵犯的威严。很多时候，除了亲眼看到的情况之外，还有很多值得探究的地方。在这件事情中，猎人们看到了野猪除了作为猎物之外的一面，大约也心生出了深入探究的念头。

十一　猎捕野猪的笑谈

　　这是我从一个熟人那里听了无数次的故事。那是在他刚开始做猎捕野猪的助手时，因为害怕野猪而发生的一件趣事。

　　事情的大致经过是这样的。他只身一人到了狩猎场，只要一想到野猪会朝着他跑过来，就担心得坐立不安。不久，附近的山洼里"砰"地响起了枪声，随即听到了同伴"喔"的呐喊，示意已经命中了猎物。结果他听到这声音，吓得魂飞魄散，一口气爬上了旁边的栗子树，从上面往下窥视，心里不断地念叨："快过来了吧。快过来了吧。"猎捕野猪的念头早就被抛到九霄云外了。

紧接着附近又传来一声枪响，同时从近后方传来"咚咚"的重物震动地面的声音，不知什么东西从草丛里蹿了出来。因为从没料想到在这样的地方会遇到这样的事情，这个男人吓了一大跳，一下踩空了树枝，从上面掉了下来，狠狠地摔了一个屁股蹲儿。就在那时，刚刚被追逐的野猪逃了过来，斜眼看了他一眼就不慌不忙地向山顶跑去了。仔细想想，实际上刚开始随着地面震动蹿出来的，是睡在草丛里的野猪崽，它们是被枪声惊醒才慌不择路跑出来的。因为这件事，他摔坏了腰椎骨，又被同伴嘲笑，被大家责备，以后再也不敢出来追捕野猪了。

和那些夸耀自己的故事不同，这是他的失败之谈，但听者却感觉十分有趣。我也曾听到许多其他类似的故事。这大概是胆小的人身上发生的一个笑谈。我记得第一次听到这样故事的时候——也许因为自己的阅历不够——还没能体会到其中的可笑之处，反而是旁边一起听着的大孩子们咯咯地笑个不停。

有个名叫铃木户作的伐木工人，原本就是个健谈的人，更有聊不完的各种稀奇古怪的谈资。在给我家修缮房子的时候，同住了一百多天。在此期间，给我讲了很多新奇的故事。刚刚讲的故事就是其中之一，他讲得非常生动幽默。

他人长得不错，手艺也好，待人接物亲和，自己也纳闷怎么就离不开伐木这行了呢。以至于四十五六岁了，还没娶上媳妇，游走在各个村子揽活营生。也有人背地里嘲笑他"活得太漫不经心了"。也有人把他贬低得一文不值，说他讲的故事都是自己编的瞎话。偶尔有工作想要找他，又找不到他住在哪里——他就是这样一个居无定所的人。当时，我家有一本相面算命的旧书，给他算命的时候他很高兴地听着。前几年回老家，看到了多年未见的户作，礼貌地寒暄了一番。他告诉我说："之前您说我到了五十六岁就能稳定下来，借您吉言我现在成家了。"我闻言大为震撼。

虽然他看上去总是那么气定神闲，了解了他的身世才知道，事实并非如此。据说他是父母年老的时候才有的孩子，上面的兄弟姐妹都把他当成累赘。他父亲也觉得不能当着其他孩子的面让他闲在家里。于是在他刚刚七八岁的时候，就把他寄养到了其他亲戚家里。他在亲戚家里帮人家带孩子养活自己。他曾在和我说起这些时，罕见地感慨说："大概不会有谁比我过得更辛苦了吧。"

言归正传，前面所讲到的滑稽故事，想来也不只是户作的杜撰，应该是很多猎人都有过的亲身经历。村里有个富裕户对猎捕野猪产生了兴趣，总想试一试，专门做了一身纯白的裁付绔，打扮得英姿飒爽。结果总是害怕野猪会袭击他，一直畏缩不前，一身华服也就是穿着去了一次猎捕野猪的现场就被束之高阁了。这个故事的主人公是个外行，还是村里的富裕户，更让人觉得意味深长。

十二　旧时的猎人

这个故事与野猪没有直接关系，也不是一个罕见的民间故事，我们就把它作为猎人故事的开端来说吧。

从前，有个地方住着一位猎人，有一天夜里他坐在火炉边，用茶壶的盖子不断地搓着第二天要用的子弹。对面火炉旁的家猫见状就坐直了身子，目不转睛地盯着他手上的动作。猎人每搓圆一颗子弹放到旁边，猫就用它的前爪在耳后绕一圈，画个圆。

第二天，猎人早起准备出去打猎。点燃了炉火要把茶壶放上去时，发现昨天晚上用的壶盖不翼而飞了。不但如此，家里养的那只猫也不知去向了。猎人做好出发的准备，天色未亮就出门了。他在山中越走越远，突然发现前方的大松树上有个奇怪的东西在发光。于是赶紧把子弹上膛，瞄准后开了一枪，却并没有击中猎物的感觉。

接连开了几枪后都是如此，很快前一天晚上准备的子弹就见了底。伴随着最后一声枪响，就听到"咣当"一声，好像有金属坠落的声音。奇怪的是树上还有东西在发光。他连忙取出藏在别处的备用子弹又开了一枪，这次终于有打中猎物的感觉了。靠近一看，一只猫被击穿头部倒地身亡了。仔细一看，这竟然就是一大早就失去踪影的那只家猫，掉在旁边地上的正是那个丢失了的茶壶盖子。这只猫用茶壶盖子挡住了昨晚做的所有的子弹，却不知道猎人身上还藏了备用的子弹。它刚把用来挡子弹的茶壶盖子丢掉，就被猎人的子弹打穿了脑袋。也有人说故事中备用的子弹是枚黄金子弹，其灵力足以杀死妖怪。但不管怎么样，最后备用的子弹不在猫妖的计算之内，这点才更为至关重要。其实这是个平平无奇的猫妖故事。我对这个故事感兴趣的地方在于：在我的记忆里，现实中也有像故事中那样，用茶壶的盖子搓子弹的猎人。

将从木质的模具中抽出的铅条切成小段，放在树桩之类牢固的平台上，用茶壶盖子压住，转动起来制作成圆形的子弹。我家附近一户邻居的男主人有时就会这样制作子弹。他家还有一杆从后面填装子弹的旧式火绳猎枪。他家世代打猎，这位男主人年轻的时候还在后山上猎到过野猪。到我这一辈记事的时候，他已经很少出门打猎了，只是每年还在更新他的狩猎执照。听说他现在专注于农事，平时最讨厌游手好闲，时不时也会扛着猎枪到山里走上一天。他说就这样在山里逛荡，心情就会莫名地放松下来。

每次进山，他还是穿着以往狩猎的装束。身着鹿皮裁付绔，背着棉布口袋，腰间挎着古朴的厚刃刀，倒是不再穿厚底草鞋了，但火绳猎枪还是片刻都不离手。常年打猎的专业猎人，穿着或随着时代发展而更新换代，反倒是一年只进山一两次的人，还会使用旧时的物品。实际上，只进山一两次的人，与其说是狩猎，莫不如说是去散心，所以穿着和工具也无所谓新旧。正因如此，猎人的一些旧物旧俗才得以保留下来。如此想来，着实有趣。

在我家还保存着一杆火绳猎枪，一把收在粗犷刀鞘中的厚刃刀。听说直到祖父那一代，家里还有偶尔进山放松心情的习惯。

十三　山神与猎人

猎捕野猪时，有个当场拔下野猪脖子上的鬃毛祭献山神的传统。具体做法：先砍一根称手的树干，剥掉树皮，削尖一端做成竹签子形状，把鬃毛插到上面，放到合适的位置。也有当场掏出猎物内脏祭祀的记载，但猎捕野猪的时候较为少见（用猎物内脏祭祀的内容请参看鹿的部分）。很多猎人已经忘记了祭祀时候要念的祭文。据说那些耿直的猎人会像日常谈话那样，念叨着"感谢神明赐予我野猪"。

祭祀山神的活动，往往是在出猎前进行。在山中游荡多日还一无所获的时候，猎人们会先回到家中，再次祭祀山神后再出发。出猎前的祭祀会选择在大山入口处举行，选一个合适的地方铺上两三根常绿树木的树枝，上面洒上酒以作奠仪。口诵祭词："山神在上，请赐野猪。"这样的祭祀活动不仅限于狩猎野猪，其他猎物的狩猎活动也同样适用。其中的"请赐"是狩猎行话，就是能让我找到猎物的意思。也有在遇到猎物时举行的祭祀活动，大多是在遇到硕大的老野猪，担心无法顺利猎捕的时候举行。具体的祭祀方法和前面说的大致相同，洒完酒以后，一行人分饮了剩下的酒水，然后就开始围猎。

在大部分传说中，山神是位爱惜山中的一草一木的女性。也有传说说，山神是独眼独脚的彪形大汉。还有人说自己在凤来寺的山中遇到过山神，但年代久远，关于其中的细节没再留下只言片语了。

有位常年居住在这山中，靠打猎度日的名叫丸山的猎人，他的足迹遍布山林，也曾在人迹罕至的深山中过夜。丸山却说自己从未遇见过山神，并断言有人见过山神的说法是一派胡言。不过，丸山说他有过打中猎物后，猎物不翼而飞的经历。是什么偷走了猎物难以判断，但确实是打中了猎物，跨过山谷，走近一看，本该倒地的猎物早已消失得无影无踪了。

有时，也有事后发现是被狼叼走的情况。猎人四处寻找打中了的猎物，最后在一个最不可能的地方找到了腐烂过半的残骸。即便如此，也很难相信当时是自己看错了位置。山里确实有很多不可思议的现象。到后来，这些统统都被归结为山神所为。

在这座山的西面山麓，玖老势村有一位猎人就有过这样的经历。他在山中四处寻找自己打中的野猪无果，正准备放弃往回走的时候，突然听背后有人叫他。回头一看，是个全身长满长毛的大汉站在那里。猎人吓得呆立在原地，想跑又抬不动腿。直到那个大汉走到他身边问话，仔细一听，原来是在不停地问他从哪里来。再一细聊，才知道，原来这个大汉是三十年前离家出走的、同村豆腐店老板家的儿子。猎人问这大汉在山里靠什么为生，他回答说刚开始的时候捡拾一些树木的果实，后来剥树皮充饥，现在已经能够猎捕各种动物来作为食物了。不知不觉间，便周身长满了毛发。和他分别之际，大汉再三叮嘱，千万不要把遇到他的事情说出去。所以，猎人遵守诺言，直到临终之际才将事情的始末告诉身边的人。至于当初他猎到的那头野猪到底哪里去了呢？也许与住在山里的那个大汉不无关系，但已经没有相关的传闻了。

野　猪

讲给我这个故事的，是一位七十多岁的老妪。她似乎也是小时候从她的妈妈那里听来的，大约也觉得这故事惊悚恐怖，在我之前也从没和别人讲起过。

十四　买猪人与猎人

猎人捕到野猪后，有时候会当场掏出内脏，但更多时候，是把野猪抬到池塘或者沟渠边上再处理。我至今还记得这样一幕场景：日暮时分，一群满身泥泞的猎人，从屋后的洼地里闹闹哄哄地走过来。其中还有一位，不但半身都是泥浆，走路还一瘸一拐的。人群中有两个猎人抬着倒吊着的野猪——野猪的四肢被结结实实地捆在一根棒子上。旁边的猎犬精神抖擞，其中一头红毛猎犬也许是被野猪的獠牙刮伤了，肚子那儿被划开了一条口子，露出里面的一截肠子。人们高喊着"野猪过来了"，争先恐后地跑过来看。

猎人会把掏出内脏的野猪浸入河水中，直到有人来买。那个地方就叫作"浸猪地"。村里有户姓簸下的人家，家中世代狩猎，虽然住在一个采光不太好的洼地，但常有猎人聚集在那里。他家门口有几株粗壮的柿子树，下面还有小河流过，那就是村里的"浸猪地"。在我小时候，那里已经徒有其名了。只剩下两边的石堤围住潭水，清澈见底的水里还有几尾红鳍的桃花鱼在游动。据说在从前，这里每天一入夜就站满了猎人，举着火把聊天。下面的故事发生在五十年前：一天傍晚，许多猎人聚在那里掏野猪内脏，对岸的猎犬们突然用鼻子嗅来嗅去，频繁地吠叫起来。一位猎人见状，扯下一块内脏，大喊一声"看这儿"，就扔了出去。就在那一瞬间——不知何时从哪儿飞来的一只老鹰——从柿子树上一掠而过飞了下来，以迅雷不及掩耳之势叼走了内脏，转眼就消失在天边，惊得当时在场的众人目瞪口呆。在兽类日渐式微的今日，这样的光景是想都难以想象出来的。

那时候的冬天，不管什么时候到"浸猪地"去，都能看到里面浸泡着两三头野猪。有一次，村里有人猎到一头罕见的大野猪，掏空了内脏还有三十五贯重，清理好后泡在水里。有个从新城町来买野猪的人，嘴里一边说着"这头野猪真大啊",一边蹲在岸边用手指头戳那头野猪。他一只手抓住那头野猪的后腿,毫不费力地把整头野猪从水里提了起来,不禁令周围的猎人们大吃一惊。这个人名叫金槌,是一位退役了的相扑力士,曾经在江户(东京的旧称)的正式比赛中进入了三段,是个有名的大力士。

那个时候猎捕到的野猪都是整头出售,既不会留下自己吃肉,也不会分割后再出售。不过,猎捕到猎物的当晚,会举行祭祀山神的仪式,称作"日待"。仪式上会把猎物的内脏煮熟了吃掉。如果要吃肉的话,一定要使用从诹访神社请来的筷子。据说这筷子不纳污垢,能避免沾染不洁之物。前面提及的"浸猪地"旁的屋子,一直是猎人们聚在一起举行"日待"的地方。因为这个缘故,那家人进人出,每天都有很多客人,不管什

祭祀山神

猪胆与当药

么时候过去，必定有一两个人在那消遣解闷。

　　掏取野猪内脏的时候，最重要的是野猪的胆。人们认为野猪胆能治百病。村子里的富裕户一定会把野猪胆买走储存起来。或者是猎人自己就留下来了。把野猪胆用线绑起来阴干，需要的时候切碎使用。但更多的时候，胆还是和野猪肉一起出售，被人买走。一个野猪胆有时候甚至卖得比整头野猪的肉还贵。据说明治时期，一个野猪胆要卖上七十五钱，而整头野猪的肉才卖二十五钱。

有个猎人和我说，如果是难得一见的大野猪的胆，拿到有钱人家那里，轻而易举就能换回三五袋大米。现在看来，这简直是天方夜谭。

十五　野猪胆

这是最近发生的关于野猪胆的故事。在水力发电站刚刚建成的那年,有几头野猪掉进了发电站的水渠里。一大清早,值班人在水闸那儿发现了野猪,就把这些野猪作为发电站的意外所得,分给站里的人吃肉,或是拿出去送人了。其中有个本地人。

当然,他也分了肉,但乘人不备时,偷偷拿走了野猪胆,全部据为己有了。他把野猪胆挂在公司宿舍的屋檐下,家里孩子一说肚疼了,就切下一小块喂给孩子。不知道是否因为这野猪胆的缘故,在他同事家都纷纷感染痢疾的时候,他们一家却安然无恙。有一次,发电站的一位同事到他家做客，闲聊的时候不经意间抬头看到了吊挂着的黑漆漆的干货。同事询问这是什么，家里人不得已，只能以实相告。这位同事听完后沉默不语，似乎有些懊恼。

虽然传说野猪胆是能治百病的灵药，但实际上它只对腹痛有效。如今想来，直到明治三十六七年为止，世人迷信野猪胆的功效，甚至超过了对附近医生的信赖。如若有人得了急症，首先就要问问他吃了野猪胆没有。如果已经吃过还没好转，就会判断那个人得了重症；或是运气不好，进而直接放弃治疗了。

接下来的故事也是关于野猪胆功效的奇谈。曾经有个吃蘑菇中了毒的男子，在家中难受得打滚。过了一会儿，见他不折腾得那么厉害，众人误以为已经好转了。结果他牙关紧咬，完全失去意识了。之后有人给送来了野猪胆，大家用起钉器的把手撬开了牙关，把泡在水里的黑色野猪胆灌了进去。据说这男子很快就恢复了正常。还有一位苦熬了两天两夜的病人，发起了高烧，自感熬不到天亮。家人都请飞毛腿①们去通知亲戚了。结果前脚飞毛腿

---

① 旧时帮忙传递紧急信息、文件，或者是运送贵重物品的人员。类似于今天的快递员。

刚刚出门，后脚就有人给送来了野猪胆。家人手忙脚乱地给病人喂了下去。飞毛腿才到村边的山脊，病人在家腹泻得昏天暗地后，竟然安然无恙了。这就不再需要飞毛腿去传信了，又匆忙再找别的飞毛腿去把前面派出去的飞毛腿追回来。就这样，天蒙蒙亮的时候，前后两拨飞毛腿有说有笑地回来了。

虽然这里山多，但野猪胆也不是想象中那么容易到手的。对于从前的山村生活而言，运送野猪胆也不是件易事。野猪胆自是有它的金贵之处。正因如此，平时家中能常备此物的，非富即贵，都是有钱人家。

我认识的一位女性，曾有一次在深夜敲开猎户家的门，要来一小块用纸包着的野猪胆，紧紧地握在手里，一口气跑了二十町才回到家的经历。她说，再没有比手握野猪胆更能让人心安的事情了。当时正值五月插秧的农忙时节，第二天就应该整地了，结果她丈夫在头一天晚上腹痛难耐。这女人一面担心丈夫的病情，一面忧心田里的活儿，考虑接下来要做的工作。要是丈夫第二天病还不好，田里的活儿干不上的话，后面就都乱套了，实在不行就只能拜托邻居照看一下丈夫了。两厢为难之际，她下定决心，无论如何一定要让丈夫在天亮之前好起来，这样的话非要野猪胆不可。于是，趁着病人稍微舒缓的空当，她便跑到邻村的猎人家去求助。

当她拿到野猪胆回到家中，坐到病人枕边，把放在小盘子的黑色野猪胆给他喂下去的时候，她心中庆幸得无以言表。

不过，她后来为了还上买野猪胆的钱，付出了外人无法想象的辛苦。为了这七十五钱，几乎整个夏天，在别人还没起床，天不亮的时候，她就得走上一里来地，到邻村去卖一捆二钱多的柴火。讲到这里，她委屈地说："我们家男人知道我为了他费了多少苦心吗？"以上，便是一个关于野猪胆的悲伤故事。

十六　被受伤的野猪追赶的故事

在有关野猪的故事中，最精彩、最过瘾的当数猎捕野猪的故事了。山麓门谷的世家从旧幕府时代开始就是凤来寺的三位祢宜①中的一员。有这样出身的平泽利右卫门，虽然已经去世了六十多年，但他爱好打猎、善于猎捕野猪的事迹依然为人们津津乐道。他体格健硕，品性优良，年轻的时候像《本朝二十四孝》中的胜赖②，不难

---

① 指辅佐最高神官的神职人员。
②《本朝二十四孝》是日本广为流传的关于孝行的故事。后为歌舞伎或人形净琉璃的剧目。胜赖是八重垣姬故事中的角色，是日本安土桃山时代战国前三杰武田信玄的儿子，后在长篠之战中不敌织田信长，连败后自杀。

想象那威风凛凛的武士模样。

利右卫门胆色过人,作为一名猎人无可挑剔。无论遇上多么凶猛的野猪,他都能开枪击中,从未失过手。每次打猎,他总习惯带着一个男仆。这个男仆与他的主人截然相反,简直像故事中常见的人物设定一样,是个胆小如鼠的人。每当男仆陪着主人出门打猎,他都会习惯性地小声嘟囔着:"今天又要去打猎啊。"

而就是这位胆量超群的利右卫门,一生当中也有一次被负伤野猪追赶的狼狈经历。据说他当时还从山边的田地里连滚带爬地逃了下来,可以说是他的一生之耻了。这是发生在门谷的高德山上的事。当时利右卫门打伤了一头大野猪,这野猪负伤之后气势汹汹地追了过来。男仆见状早已逃之夭夭,所以没有大碍。他的主人则一路从小山仓皇逃到田埂。那头负伤的野猪紧追不舍,当野猪的獠牙就快刺到利右卫门的后背时,利右卫门一下子看到前面一棵大树下供奉着马头观音[①]的石像。他绕过树根后,才侥幸躲过了野猪的獠牙。利右卫门绕了一圈又

[①] 天自有观音法身,是六观音之一,因以马首人身而得名。马头观音是六道中畜牲道的护法明王,也称马头明王、马头金刚或马头大士。

马头观音

獠牙

一圈，野猪一直在后面紧追不舍。据说就这样一人一猪绕着这个大树像陀螺一样转了七圈后，他才摆脱了野猪，真是惊心动魄。在这一追一赶的过程中，也说不准是什么时候，利右卫门拉动了枪上的火绳，完美地从后面给了野猪致命的一击，这头大野猪终于应声倒地。从野猪后面给了一枪，乍一听有点奇怪。但是，在激烈的转圈逃亡中，人已经绕到了野猪的后面，变成了人在追赶野猪了。这件事听着挺过瘾，但仔细一想还是惊魂未定。据说，那个胆小的男仆躲在远处旁观了整个过程。

利右卫门出身好，又是受人尊敬的祢宜大人，却生性嗜杀。夏天的时候，他每到傍晚都带着男仆去河里撒网捕鱼。要是自己村里没有合适下网的地方，他甚至能走上一里半的山路，到寒峡川那边去打鱼。

关于这撒网捕鱼，也有一件说明他胆大的逸事。一天晚上，利右卫门到横山的寄木滩去打鱼，不小心踩到岩石缝隙里一具溺死的尸体。然而，他并未有惊慌之色，只是念叨了一句"什么啊，原来是个死人呀"，转身又踩了一脚，神色如常地到河下游撒网去了。

根据尚在人世的老人们说，随着年龄渐大，利右卫门渐渐力不从心了，但打猎的雄心却还丝毫未减。于是，别人辛辛苦苦猎捕到的猎物，只要被他发现了，就非要耍赖说是他猎到的，让人无可奈何。利右卫门一听到枪响就会跑出来，说："这是我打到放在那里的，辛苦你们搬回来了。"也不知道他是装糊涂呢，还是真的糊涂了，总之蛮不讲理，让人无从招架。被他招惹上的猎人也是欲哭无泪。那个时候的利右卫门，已经是一位须发全白的老人了。曾经那样无人可及、胆大勇敢的猎人，到如今沦为人们的笑料了，也真是个不争气的猎人。

下面这个故事发生在凤来寺的玖老势。有一位做过代官①，姓远山的男子，在大达山里被受伤的野猪一路追赶，甚至被啃掉屁股上的肉而差点儿死掉——据说后来也是因为这个，年纪轻轻就断送了性命。野猪吃人这类事情让人难以相信，大约是被野猪咬伤，或是被野猪獠牙刺伤的讹传。这是发生在明治初年间的事情，这个人平时在村里不受待见，大家就把他的经历传成了笑话，想来也是怪可怜的。

---

① 指德川幕府时期的地方行政管理官员。

十七　世代相传的野猪猎人

在伊那大道和凤来寺大道的交会口，有一个经营数代的旅馆，叫作"泽泻屋"。虽然不知道这家老板的人品性格如何，但在猎捕野猪方面，是位不输给前面说的平泽祢宜的勇夫。虽然没有绕着大树转了七圈这样的英勇事迹，但也是附近十里八乡名号响当当的猎捕野猪的能手。这个人臂力过人，个性鲁莽，枪法算不上出众，却痴迷于狩猎。据说他是争强好胜的性格，不管做什么都想要胜人一筹。有时候他到田里帮忙干农活儿，结果用力过猛，反而把农具毁坏了。

据说他的父亲比他更加鲁莽。冬天的夜晚听到屋外有狼叫，不管多晚也会霍地一下从床上跃起，拿了马厩里的横梁木，摸黑就追过去——他就是这样一个莽夫。这位老板继承了他父亲这样的性格，对任何事物都没有畏惧之心。据说还干过把负伤的野猪撞到山谷底下，把它摔死的事情。自是不难想象，当时知道这件事的人们是怎么看待他的。

村里修缮宫渊桥的时候，有根二尺多长的大桥梁眼看着就要掉下山崖，众人都围在旁边，七嘴八舌地嚷嚷："危险呀，太危险了。"这老板瞟了他们一眼，只身一人拿消防钩固定住了那根桥梁，说："我自己在这儿撑着，你们都下去搭脚手架吧。"那个时候，他这样的行为让人无法评价，到底是愚蠢呢，还是生性鲁莽。

每次遇到棘手的野猪，附近乡里的猎人们一面买酒祭祀山神，一面拜托他来助众人一臂之力。如此说来，这老板的刚勇也非浪得虚名。他去世的时候才三十多岁，正值人生壮年，当时还是距今不算久远的明治初年。他大概算是最后一个从大山里走出来的猎人，性格比较孤僻，也许因为这个才晚景凄凉。因为一时之气，他赶走了孩子妈，带回来一个身份不明的烟花女子。那女子不是个善类，每天就是怂恿他喝酒睡觉，除了打骂孩子没什么别的本事。到后来，她甚至抛下重病的丈夫，卷了家财逃之夭夭了。事已至此，就算是再刚毅顽固的男子，也只能悔不当初，流下悔恨的泪水了。

他的两个儿子或许是继承了父亲的血统，都臂力惊人。只是年幼时家境贫寒，二人的体格都不像父亲那么壮硕，一直都像孩童那么矮小。哥哥继承了家业，在以前的旧址继续经营那家徒有其名的旅馆。弟弟则是刚懂事就被送到村里的寺庙中当和尚去了。其间，不知从哪儿听说了生母的地址，年仅十二岁的孩子，穿着一件沙弥的单衣跑出寺庙，一路走一路打听，从三河走到鳅泽去寻找自己的母亲。这真是个让闻者落泪的悲伤故事。

这个以猎捕野猪闻名的世家，最后沦落到这步田地，真是既让人悲叹，又让人扼腕。如今看来这已经成为一场旧梦，一段故事，继承家业的哥哥也到了鬓角染霜的年纪。据我所知，他家现在还收藏着一把旧时猎人用的厚刃刀，说是不管多么艰难都要世世代代留传下去。

十八　不可思议的猎人

在山里打猎的人中，有些有平原猎人们想象不到的敏锐神经和特殊技能。最近我就听说有一个这样的男子。村里有一群苦于长期打不到猎物的猎人，不知道从哪儿听说这个男子的消息，就来请他帮忙，结果发现他天赋异禀。这男子四十岁上下，长得很结实，此外并无异样。不可思议的是，他一进到山里，就能像猎犬一样，即刻判断出山里有没有野猪。

有人说他是用鼻子嗅的，也有人说并不只是这么简单。对于这个争论，有位猎人忽然想起，一起追踪野猪时，这个男子能清楚地说出有没有野猪经过这片草丛。凭借着直觉,他几乎从未失手过。也许正是他这种敏锐的直觉,才让他擅长判断野猪的位置,并且准确率惊人。

不仅如此,这个男子在山间跋涉的时候也非常自如,仿佛不知疲倦似的,让同行的猎人叹为观止。他上半身前倾,头往前伸,小步快走,这走路方式也让人感觉不寻常。不管是荆棘还是灌木丛,他都能快速通过,别人完全无法模仿。听说他有个外号叫"犬千代",大概是因为姓"千代"才有了这么个诨名。只知道他的老家在北设乐郡的川手。野兽的习性啦、打猎的方法啦——这些知识,他都了如指掌。正因如此,请他帮忙的猎人们每次都能有意外的收获。

听说这男子家也是村里有头有脸的人家。他受到了良好的教育,甚至有人说给他个村长的职位,他也能胜任。但他有个与生俱来的毛病:喜欢出去打猎、捕鱼,在家里待不住,一定要出去游荡才行。他讨厌世间的俗事,即使沦落到住旅馆,也要把自己关在屋子里,从早到晚地喝酒。没钱付房租的时候,就带上钓鱼的工具出门,到了晚上就能带回数量惊人的鳗鱼。等付完房租,又开始游手好闲,纵情享乐了。很少见到鱼类的山中旅馆,将这鳗鱼视为珍宝。只可惜他从不长时间待在一处,也是让旅馆的

野猪 077

老板们挠头。

他捕鲤鱼的技术也十分惊人，简直像是从什么地方直接提回来的。人们问起他捕鱼的诀窍，他就一言不发、三缄其口了。只听说不管是鳗鱼还是鲤鱼，他钓鱼都是要用饵料的。虽然传闻不可尽信，但说不定山里真有这样的能人异士。

接下来这个故事与野猪无关。这位自称相模屋，从前是狂言[①]表演的编舞。他性格乖张，经常游走在各村之间。自从村里不再有狂言表演之后，他就改行说起了净琉璃故事。当然，仅仅靠着这些，他是无法谋生的。冬天的时候捕鸟，夏天的时候钓鳗鱼，都是他赚取生活费用的营生。听说他钓鳗鱼的方法非常巧妙，即便是有人想要上百条鳗鱼，到了晚上他也一定能如数提回来。

[①] 指一种兴起于民间，穿插于能剧剧目之间表演的即兴简短的笑剧。

十九　巨型野猪的故事

但凡有点名气的猎人，至少都有一次猎捕巨型野猪的经历。猎到的野猪也都和提前约定好了似的，重量都在四十贯左右。据说野猪的体重四十贯就是上限。这种体重的野猪虽然难得一见，但也是有的。接下来的故事是一位猎人讲给我的。有一次，在出泽村进村处的阴山那里，他和搭档两人发现野猪的足迹。那蹄印硕大，大约是一头前所未有的巨型野猪。要是有这么大的蹄子，那野猪的体型大约能媲美一头牛了。两个人一边讨论这头野猪的大小，一边商量着是应该先祭祀山神，还是先回村去请人过来支援。到最后，两人打中了野猪一看，这头野猪的确不小，但也不过就是四十贯左右，只是它的蹄子与重量不符，大得出奇，才知道原来还有这样的野猪品种。既然已经捕获了野猪，就不用再去揣度什么重量了——万一不小心让它逃掉，或许会被传成是一头七八十贯的巨型野猪吧；而现在，任谁也不会再愚蠢地夸大其词，吹嘘一番了。

在凤来寺的行者越，有位叫作丸山丰作的猎人。他是一位有着五十多年狩猎经验，只身一人猎捕过七百多头野猪的高手。但他说自己只猎捕到一头重量超过四十贯的野猪。那头野猪足有六十多贯，体型硕大。如果他所言属实，那在周边一带也是前所未闻的事情了。

事情大约发生在四十年前，有些具体细节已经模糊。他只记得那头野猪异常硕大，并且在猎杀它之前，曾经在山包上看到过它。当时的情景到现在还深深地印在丸山的脑海里，他这样和我娓娓道来：

"那是一年的深秋，为了猎捕赶来交配的野猪，我一路追进了驹立（北设乐郡）的深山。站在山顶，遥望前面的山谷，山脚下覆盖着一望无际的枯草。在这片枯草之中，有一个四五十头野猪的猪群，在一头巨型野猪的带领下，正齐刷刷地向山谷走去。不可思议的是，领头的野猪大得出奇,以至于其他野猪看起来都像它的崽子。我打猎这么多年,从未见过这样空前绝后的壮观景象。第二天,我轻而易举就猎捕到了一头野猪,好像就是昨天领头的那只。那头猪体型巨大,我一个人费尽全力把它背到了美浓的岩村去出售,掏空了内脏还有五十五贯重。"这个男子臂力惊人,是个能肩扛百贯重物,翻山如履平地的大力士。

掏空内脏还能有五十五贯,毋庸置疑是一头大野猪了。但这个男子说,他听说过在北设乐郡的古户山,能猎捕到七十五贯的野猪,有时候还能猎捕到九十贯的野猪。但不是他亲眼所见,所以也不能确保一定属实。

虽然不能判断那样巨大的野猪是否真实存在,但同样在北设乐郡境内,段户山和彦坊山的杉树人工林里,茅草都长得一丈多高。听进山干活儿的樵夫和伐木工说,那一带栖息着大量的野猪。因为是皇室的山林,据说那里还放养了一些野猪,所以在崇山峻岭之中,才保留着这样一个野猪的天堂。

除巨型野猪外,还有一种叫作虱猪的野猪,因为浑身长满了虱子而得名。不知道是否属于另一品种,据猎捕到这种野猪的人说,它的肉奇臭无比,难以下咽。其实，迄今为止人们都不确定虱猪是否真的存在。大概只是那头野猪身上长了特别多的虱子，或者是生了病的野猪也未可知。

猪・鹿・狸

鹿

一　逃入深涧的鹿

猎捕过鹿的猎人们都说：不论鹿在逃走时有多么迅猛，只要你算好射程，"哦"地大喝一声，鹿就会放慢脚步回头观望。这就是屏住呼吸，扣下扳机的最佳时机。吼喝声越是短促有力，声音越是高亢清晰，效果就越好。这是鹿的习性使然，纵然让人心生悲悯，但在猎人的枪口之下就是如此，也就不容人悲叹了。

鹿还有一种独特的习性，对猎人们来说十分有利。那就是一旦受伤，就会跑出山林，到乡村等显眼的地方来。不知道山高林密的深山老林中情况如何，但在我听到的故事里，鹿基本上都是如此。这个故事大约发生在三十年前，是农历正月初二的事情。在伊那大道的岔路口，有一户人家晨起，早早地推开了板棂窗，似看到远处有什么东西"吧嗒吧嗒"地跑过来了。这家的媳妇吓了一跳，再回头看时，原来是一头拖着受伤后腿的鹿，转眼间已经跑出去五六间远了。

猎人和猎犬在后面紧追不舍。前一天晚上下过小冰雹，地面上满是冰粒，从鹿的伤口处流出的血染红了冰粒，到处都是一片殷红。据说那头鹿一直跑到两町外的村头，跳进盲渊摔死了。从路边向下看，脚下的深涧一片湛蓝。传说，这深渊的主人是一头巨牛，在天气晴朗、光线充足之时，就能看到牛背。盲渊与海仓渊、濑户渊齐名，是这一带颇负盛名的传奇深涧。据说，这里能够通往龙宫，自古以来就有很多鹿被追赶至此而往生。

刚刚的那头鹿很快就被人们抬着顺原路返回了。据说，那头鹿是在天还没亮的时候，在凤来寺大道往上五六町远的分垂岭上被人打中了后腿，一口气顺着大道跑下来的。据一位在场的猎人说，那是一头三岁的公鹿。

在我的孩提时代，也能碰到从村口的山上被追赶而来的鹿,它们横穿过田地跑到街道上,跑下通向码头的坡道,最后跳入深涧。那个深涧叫作"宫渊",在大海村的镇村森林对面。两岸都是高耸的岩石,涧宽五十间,甚是壮观。说起来这已经是二十七八年前的事情了。那时,从这里到河下游的丰桥有七间左右的路程,还不时有船只往来。听说受伤的鹿跳入深涧的故事不止这一个。鹿从出泽村的不二峰逃下来的时候,也会沿着涧边的岩石奔跑,跳入下方的鹈颈渊。

还有一位猎人,在八名郡舟着村小川的出杰峰打中了一头鹿。本以为它会沿着釜鹤山脊,向山岭背面的尊出方向逃窜,结果它拖着伤腿,转过陡峭的山腰,磕磕绊绊地跑下山,一口气跳进了黄杨川的深涧。

受伤的鹿不仅会跳进河水流经的深涧,还会跳进山里的储水池。于是,也曾有鹿在我家附近那个洼地的小水池里被捕猎。

大海村山峰连绵之处有个二之池,是山洼里两个大小相同的、连接在一起的池塘。从远处就能看到塘中湛蓝的池水,这里也常常是鹿负伤被追后,跳入的往生之地。

鹿一旦受伤,一定要找一处池塘或河流。从枝繁叶茂的密林奔向村庄附近树木稀疏的丛林，跑过田地，穿过街道还算寻常，向着湛蓝的池塘或深涧而去的话，就不能再说这是偶然了。我想一定是有什么东西驱使它们这样做的吧。

二　追寻鹿的踪迹

　　鹿与野猪不同，在周边的山上已经绝迹。猎人们说，几年前曾听说凤来寺山里还有一头鹿，后来不知道被谁猎捕了去，这里就再也没有鹿的踪迹了。

　　很难想象如今已经如此稀少的鹿，在三四十年前还在泽山一带多得惊人。被猎人们追赶着跑进人家里，或者跑到田里的事情屡见不鲜。我幼年懵懂时，有一天，与祖母坐在屋前铺的草席上晒太阳。突然，一头被猎人追赶的鹿从田地那边一路跑上了坡，进到我家来了，还用蹄子踢烂我们坐的草席边儿，紧接着又向后山逃去。它顶着沉重的鹿角，皮肤上泛着一层光亮的汗珠。后来

从横山到舟着

祖母笑着说，当时那头鹿像一阵风似的一闪而过，她甚至还没来得及抱起我呢。

从我家的屋檐下向南眺望，远远地就能看到舟着村连绵的山脉、雨后笼罩着紫烟的山腰和倾泻而下的白色瀑布。那就是舟着村的百俵洼，据说是因一洼之地能产

岔路对面的山

百俵①米而得名。百俵洼的前面是一小块盆地,散居着大海、有海等几个部落。天气晴朗的时候,能看到部落人家屋顶瓦片上蒸腾而起的阳炎②。

自从铁路开通,建了大海村的长篠站以来,如今已过去了三十年。而在铁路开通前几年,离村子数町之外的坟场的那片树林里,还能看到有鹿出没。就连猎人都没想到还能再见到鹿,恍惚之间,就让那头鹿逃脱了。

毗邻大海村南边的有海篠原,至今还有一片一眼望不到边的桑园,在长篠之战③中留下威名的鸟居胜商④便葬身此处。从前,这里和大海村西边的川路原同为绝佳的猎鹿场。即便是猎物稀少的艰难时期,只要去了那里都会猎到一两头猎物。虽然四周都是光秃秃的低矮山丘,让人总不禁怀疑这样的地方怎么会有鹿出没。然而,事实就是这里不但真的有鹿,还数量不少。不仅如此,附

---

① 指用稻草等编织的袋子,常用来装大米或木炭等。
② 一种光线的折射现象,在太阳光猛烈的时候可以看到续航如火焰样的气流。
③ 日本战国时代,武田军和织田军之间的著名战役,最终以武田军失败而告终。
④ 即鸟居强石卫门,日本战国时代的武士,在长篠之战中被武田信赖围城,冒险出城请援军,后被敌军绑在柱子上刺死。

近的大洼谷还流传有野狼产子的故事，说起来好像就发生在昨天似的。一位九十多岁的老奶奶——虽然年纪大，身体却非常健康——她告诉我说，每年到了这个时节，她都会煮上一锅红豆饭，跟着附近的妇女去山上看生产后的母狼。如此想来，村庄周围的山林本身也发生了人们难以想象的巨大变化。

从有洼村向东，河的对岸就是前面说的舟着山。沿着山腰有七个村落一字排开，分别是大平、栗衣、市川、日吉、吉川、久间和乘本。这几个村落都是规模不大的部落，房屋依次建在山腰处朝北的位置。因为地界偏僻，常被诟病说是"孤村"。但也正是因为偏僻，时常会有鹿出没。

其中最为偏僻的，要数大平和栗衣两个村落。据说，村里的民众一看到扛着枪走过的猎人，就会殷勤地招呼着："猎人师傅，帮我们射杀那些烦人的鹿吧。"当然，这没有半分说他们坏话的意思，只是阐述了他们拜托猎人的事实。如果有猎人扛着鹿上门求助，那家人就会拿出一升酒来答谢。据说，这是这个村里不成文的规定，不论哪家都会遵守。也许正是因为这些村落里居住的都是山谷中的农户，田地本就不多，好不容易种出的稻子又总被鹿啃得乱七八糟，才有了这答谢一升酒的惯例。

三　引鹿群

前面讲述野猪的故事时，曾提到过伊那大道的岔路口。直到二十年前，住在那里的居民坐在家中还能听到鹿鸣声。当时，周边很多的山林中都已经听不到鹿鸣了。所以，在这里能听到的鹿鸣声显得格外稀罕。因为紧邻山间主道，周围群山环绕，这里的住户也不过五六家，是个人烟稀少的村落。寒峡川从村前流过，河流对岸山崖壁立，高耸入云。每到秋天的日暮时分，山峰上的鹿群就会高声鸣叫。鹿鸣声穿透暮色，常让留宿此地的外来人吓一跳，可见其尖锐程度非言语所能及。曾有个故事就道出了鹿鸣声究竟有多么尖厉。据说，从前有个伐木工人住在段户山的看田小屋中，错把鹿鸣声当成了野狼的嚎叫，一整晚战战兢兢地没敢睡觉。其实，除了发情期，鹿很少会发出呜呜的叫声。如果伐木工人听到的是这种声音，被吓得不敢入睡也属情有可原。即便是寻常的鹿鸣声，不隔上一段距离的话——我曾听村里有人模仿过——听起来也相当诡异。

如今岔路口对面的山上栽种了杉树和扁柏树，杂木树林也恣意生长。从前目之所及的山林，如今悉数成为附近村民的采伐场。除了山峰顶上还有一片形态各异的松树外，其余树木几乎都被砍伐殆尽了。入冬的夜晚，野狼的嚎叫声在这里此起彼伏。

梅雨过后，山林绿意更浓。早上起来，总会看见几群引鹿从这儿经过。所谓引鹿，就是夜里在村子附近觅食，天色一亮就返回山林的鹿。此时正是鹿群换毛的季节，它们个个毛色艳丽，红艳如火，走在挂着晨露的草丛中，格外惹人注目。五六头一列、十五六头一群，它们在山间撒欢奔跑的情景，美得无法用语言形容。其中不乏未成年的幼崽，跑起来像憨态可掬的小马驹，十分可爱。

有位老人和我说，他曾经留意过鹿群中鹿的数量，眼见着鹿络绎不绝地走过，初步估算一下能有四十多头。鹿群每天早上经过，他便每天站在门口目送鹿群，直至它们消失在视野之中。其中也有那么几头动作优哉，直到朝阳映红了山峰，才慢慢地走远。回想起这一幕，老人说仿佛是昨天的事情，那画面依然能清晰地浮现在眼前。

隆冬时节，寒风呼啸。有头鹿被三只猎犬从山上追赶下来，仓皇失措，慌不择路地跳入河中。这个时候，鹿和猎犬的毛色都是黑的，一前一后跑起来，让追在后面的猎人一时间分不清哪个是鹿、哪个是犬，犹豫着迟迟无法开枪。有时，太阳还没落山，鹿被野狼一路追逐，顺着河边的岩石一溜烟儿跑上山顶，让田间耕作的村民们看了好一场热闹。

五十年前，有个姓中根的人借宿在一位放牛人家中。有一天，他从寒峡川的河滩上捡回来一些鹿肉——那是野狼吃剩下埋在沙土里的鹿。他把这当成天上掉下的馅饼，不但分给了邻居，自己也煮来吃了。结果入夜之后，那头埋下鹿肉的野狼来到了家门口，嚎叫声令人毛骨悚然。中根万分惊恐，在家中不断念叨道歉的话。奇怪的是，他这道歉的声音传得很远，连隔着好几户的邻居家里都能听见。第二天一早,中根早早地带了一斗盐,念叨着昨天的可怕经历,把盐放到了河滩上。当地人认为,如果不小心拿走了野狼的猎物,就需要用盐来赔偿。

四　鹿角逸事

我家有一枚用鹿角根部切下的材料做成的印笼[1]坠子，上面雕刻着细竹和鲷鱼的花纹。有段时间大家已经忘记了它的存在，后来不知从哪里又把它翻找出来。据说，这是祖父年轻时候的手艺。当时祖父干完活儿，回到家就不见了人影，各处寻找，发现他自己待在一间小土屋子里废寝忘食地摆弄着什么。连着两三天，他茶饭不思，倾尽心血地做了这么个小坠子。家中还有一个没什么花纹的三叉鹿

---

[1] 一种小型收纳工具，原用于收纳印章，到德川幕府时期演变为腰间存放药物的容器。

角，不知道从什么时候起，就挂在我家后门屋檐下。有时候，上面还会挂个笊篱之类的，自从挂绳断掉后，它就被收到抽屉的角落里去了，不知道什么时候就再也找不见了。家里人都不太记得这个鹿角是从哪来的，隐隐约约记得好像是谁从山里捡回来的。印象当中，当时的邻居家也都有这样的鹿角，厨房的屋檐下挂了五六个，上面还挂着蓑衣和斗笠。

以前的人家把鹿角吊挂在屋檐下，用来挂蓑衣。也有人把它吊在马厩的暗处，用来阴干刚做好的草鞋。还有人将它吊在被煤烟熏得漆黑的柱子旁，给每个枝丫都挂上装满种子的口袋。也有人家在两个形状相似的鹿角上横放上一根杆子，在上面晾上手巾、袜子什么的。

大家都已不记得从什么时候开始把鹿角这样吊起来使用。至于鹿角的来历，或许是以前家里有过猎人，狩猎得来的，或许是通过某种关系从别人那里求得的，或许是进山干活儿的时候意外捡来的。有户人家的媳妇说，她正月里进山砍柴时捡到过一根鹿角。刚看到树枝上挂着的鹿角时，她吓了一大跳。她说她捡到鹿角那天浑身无力，好像冥冥之中就有征兆似的。从这番话中，不难猜测出即使是鹿的数量很多的年代，能捡到鹿角也不是件寻常的事情。

还有一个男子，夏天进山采集五倍子时捡到过一根鹿角。当时他刚爬上山顶，正准备抽一袋烟休憩一下，突然看到脚边有一根三叉的鹿角——也不知是谁落下的。

还有个男子秋天进山，在阴冷的北山坡杂木林中，拨弄枯叶寻找蘑菇时，发现了一根不知道埋在落叶里多长时间的、已经半石化的鹿角。据说，那是一头壮年鹿的双叉角。像这样捡来的鹿角，不拘多少都会被吊挂在屋檐下，像前面说的那样，用来挂蓑衣之类的物件。除非吊挂鹿角的绳索腐烂，否则鹿角会一直被挂在那儿供人们使用。下雨时，人们外出归来，脱下被雨水浸湿的沉重蓑衣，总会把它挂在鹿角上，然后再跨进家门。

如今，在村民家里已经看不到这样的鹿角了。有的是卖给了收购鹿角的商人；有的是春秋两季的大扫除时拿下来给孩子玩，之后就不知被丢到哪里去了。若是还没有开始分叉的幼鹿角，则可以在角的一端穿上绳子，用作编制草席或草鞋时收尾的工具。在我的记忆当中，鹿角挂在土房子墙壁上的画面依旧清晰。而如今，已经寻觅不到鹿角的踪影了。以前，鹿角有时还会被挂在屋内，当成退烧的药物使用，其中一端往往被削去很多。如今，当鹿角失去了退烧药的作用后，就彻底消失在人们的生活当中了。

鹿

五　鹿皮的裁付绔

　　鹿角从村民家中快速消失，实际上也与收购鹿角的商贩增多，被其大量收购不无关系。

　　有户人家从前是靠打猎为生的猎户，因为家里人依然保留着旧时的生活方式，所以在别人家都没有鹿角的时候，他家的屋檐下、杂物间的角落里还挂着好几根鹿角。实际上，这些鹿角用来挂东西十分方便。

　　最近，他家被收购鹿角的商贩盯上了。商贩屡次上门央求说"卖给我吧，卖给我吧"。家里的年轻人拒绝未果，就把所有的鹿角一并卖给那个商贩了。家中上下翻找出来了十七八根鹿角，所得的钱也不想随意花掉，据说，他们再三思量后，决定用来为先祖修葺牌位。

生活中没了鹿角，并没有受到太大的影响。只是蓑衣无处安放，只能卷起来放置，或者是搭在什么东西上，家中显得杂乱。这就是和从前相比，农户家里最大的变化了。

鹿奉献给村民的东西，除了鹿角，还有鹿皮制作的裁付绔。这种绔被统称为"皮绔"，是用白色的鞣皮制作而成。秋冬季节，时常会在村里看到身着裁付绔的男子，有的在麦田里耕作，有的从山上砍柴归来。这些人大多都是和他们古旧的裁付绔一样沧桑的老人。穿着这种裁付绔在田间劳作时，一旦被雨淋湿，颜色就会变得难看。在晴天穿着去山里走上一天，经过树枝和茅草的刮蹭才会变回原来漂亮的白色。

我在村里挨家挨户走了一圈，奈何各家各户像商量好了似的，都说以前家里有过这种裁付绔，现在已经没有了。家里的老人去世后，就把鹿皮的裁付绔束之高阁了；时间久了，生了虫子就被急忙丢掉了。也有人将它和其他旧衣服一起卖给行商的货郎了。女人们从鹿皮的裁付绔上剪下一小块做成针扎包，今天剪一块明天剪一块，慢慢地，裁付绔就剩下纽扣大小了。除了极少数妥善保管的人

身着短绔的人

家和老人健在的家庭外，其他人家里几乎都找不到裁付绔了。据说，有位礼数周全的老人，每年年初走亲戚时一定要穿上这鹿皮的裁付绔。而现在的年轻人，已经不太喜欢这样的装束了。

以前有专门制作裁付绔的手艺人，有时会到村里来干活儿。大多是因猎人捕获了大鹿，想给自己做一条裁付绔而请来的。听说一条裁付绔需要用两张大鹿的皮子。前文说到的凤来寺三位祢宜之一的平泽，就是个制作鹿皮裁付绔的高手，曾有各方人士拜托他制作裁付绔，还有人家现在仍珍重地收藏着呢。

综合以上种种传闻，鹿皮的裁付绔在当地猎人中流行开来的时间并不久远。此外，因为制作工艺烦琐，除家境富裕的人家外，很少有人能穿得起。据说，猎人们在山里狩猎突遇大雨之时，比起担心会碰到野兽，更担心下雨会弄脏身上的裁付绔；一下雨就会立即脱下裁付绔卷起来，可见这是一种如此让人珍而重之的狩猎装束。

六　鹿毛祭

猎人捕到鹿的时候，会当场拔出鹿脖子后面的毛，用来祭祀山神。其做法与猎捕到野猪的时候，用野猪的鬃毛来祭祀几乎无差。猎捕到鹿时还有一种独特的祭祀方法，那就是当场掏出鹿的内脏，将鹿的胃和胃旁边那个不知名的——直径大约一寸，长短在五六寸的——黑东西一起摘下，作为祭祀山神的供品，和鹿毛一起插在签子上，或者是挂在树枝上，被称为"竹箭祭"。竹箭刀在前文也有提及，是一种将竹筒的一端削尖后做成的签子。奇怪的是，猎人们都不知道那个黑东西到底是什么。有人说是胰脏，倒也不无道理。很久之前，在举行竹箭祭的时候，猎

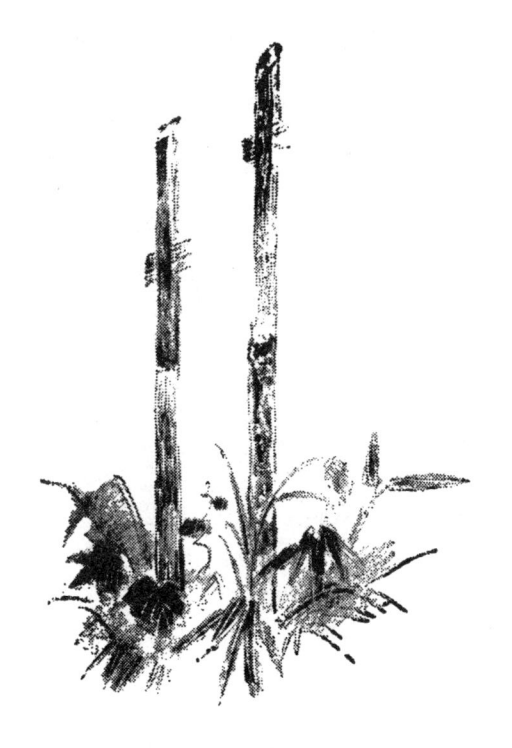

鹿毛祭

人们还会割下猎物的双耳；最近已经用剪下耳朵周围的毛来替代了。接下来，掏取内脏的环节也被省略，只有用鹿毛祭祀的习俗保留了下来。

对猎人来说，要花费两三天的工夫追踪受伤的猎物是一件让人乐此不疲的事情——这也许是猎人特有的性格。下面就是一个让人不禁联想到猎人性格的故事。

一天清早,有个猎人在出泽村的洼地处追逐一头鹿。那头鹿迅速地向山顶跑去,猎人在后面紧追不舍。鹿东逃西窜,猎人从山上一路追到山脚下的谷下村,又追回山里,追进村东的藤生峰,甚至翻过山头,在下午时追过小河,追到邻村泷川的地界;又从那再次进山,越追越远,在日暮时分追进了泷川村一里半外的赤目立森林中;紧接着又翻过了一座山,到了左手边的荒原村前的洼地,终于捕获了那头鹿。这期间,鹿逃了十二三里,猎人奋力追赶,无暇他顾。猎人说他十六岁起就开始打猎,却从未有过如此耗费精力的狩猎经历。

以下还是这位猎人的经历。有一次,他在舟着山山麓的七村追赶一头大鹿。那鹿从山峰跑进山谷,又从山谷跑到村里,整整一天四处逃窜,让人眼花缭乱。在他追鹿的过程中,所到之处都有人朝这头鹿开枪——大约是把它也当成了自己的猎物。最后,终于在大平山的深处射杀了鹿。再后来,陆陆续续不断有猎人聚集过来,数了一数,竟然有三十六人之多。这位猎人一共开了十三枪,十三发子弹无一例外全部命中,让人目瞪口呆。三十几个猎人没有任何的沟通,追着同一头鹿跑了一大天,这种蠢事真是闻所未闻。众人你看看我，我看看你，不禁捧腹大笑。

除此之外，还有猎人碰到许多猎物，最终却两手空空的故事。有一次，猎人将一头鹿赶进了出泽村茨洼地一户人家的屋后，令人意想不到的是，从树林尽头有七头公鹿一起跑了出来。一时间猎人不知道瞄准哪头好，结果眼睁睁地看着它们跑远了。姑且不论这次的狩猎成果，七头公鹿肩并肩跑出来的景象着实热闹，仅是目睹这一幕，也算是山中生活的一桩乐事。

诚如前面所述，猎人们认为凡是这类难以解释的、不同寻常的事情，都是山神的手段。

七　山中怪事

在前面野猪的故事中，我曾提及山神藏匿猎物的事情。和那种情况不同的是，猎人到山谷喝口水的工夫，或是呼唤同伴的间隙，有时会发现自己刚刚捕获的猎物竟消失得无影无踪了。在四下无人的深山里发生这样的事情，不得不说是奇怪至极。在凤来寺的山中，时而会发生这类猎物消失的事情。有人说是被野狼叼走了，也有人认为是怪兽"山男"[①]所为。为了避免这种情况发生，猎人们在

[①] 日本民间传说中经常出没于山中的怪物，多是裸体、多毛的白发老人形象。

离开猎物的时候，通常会用枪和厚刃刀在猎物上摆成一个"十"字。

相传，凤来寺山中有九十九个山谷，加上山脚下的牧原皇家林地，形成了一片方圆四里的密林。山中有个名为"地狱谷"的地方，密林之中有一道瀑布从高处倾泻而下，据说是个隐蔽的世外桃源。此处风景绝佳，可一旦踏入此地，在这深山中便再难找到回程的路了。正因如此，除了部分猎人外，再没人知道此中情景。听有个为钓鳗鱼而闯入的人说，那里的河川秀丽，似乎还有人在垂钓。还有一个年代久远的传闻，说是八名郡的能登濑村有个人，从牧原皇家林地那儿捉到了两个赤身裸体的年轻人，还领回家让他们帮忙干农活儿了。据说，这两个人身强体壮，为人正直，从不违逆主人的命令，但是语言不通，沟通起来很成问题。有传言说他们也许是"山男"之类的异人，但此后我就再没有机会了解到更多的信息了。

凤来寺以东，过了三轮河就是八名郡的山吉田村，这里的阿寺中有一处叫作"七瀑布"的名胜。瀑布的水流发源于枥洼，流经奉梨山，自古以来就是个神奇之地，猎物丢失的事情在这里屡见不鲜。虽然没人亲身经历，但都传言说这都是山中居住的"姬女郎"所为。"姬女郎"是

鹿　109

这片山的主人,因为她只有一条腿,所以但凡有人穿着用纸作鼻绪①的草鞋进山,一定会被她夺走一只。

想来也无人专门穿着纸鼻绪的草鞋,跑到远离人烟的深山当中。这个故事其实源于另外一个传说,虽与狩猎无关,有画蛇添足之嫌,但作为前面姬女郎传说的结局,也一并讲给大家吧。

在前面说的七瀑布附近,有一个当地人所谓的"抱子石"的产地。所谓"抱子石",就是石头里面还有一块更小的石头。据说,没有孩子的妇女从这里捡一块抱子石回家,就一定能顺利怀上孩子。于是,有很多人专门携女眷前来。这时,如果有人穿了纸鼻绪的草鞋,就会在不知不觉间遗失一只;也确实真有丢了一只鞋子,没有察觉到自己光着脚走路的女眷。故而,人们坚信这肯定是姬女郎所为。

---

① 日本木屐等鞋履台面上用来挂住脚趾的东西,一般用布条制成。

八　鹿形砥石①

　　以上所言是否是姬女郎所为，我无从得知。明治二十五年，有一位住在凤来寺山的行者越的猎人，名叫丸山。他和两位同伴在凤来寺长篠村的柿平山上猎到一头鹿。那头鹿虽右后腿受了伤，却拖着伤腿，从山上一直跑到谷底，踩着白雪逃遁了。人们眼睁睁地看着它穿过村中的坟场，去查看它留下的足迹时却发现一滴血也没有。受伤却不流血的事情偶尔会发生在脂肪丰富的野猪身上，但放在鹿身上还真是闻所未闻，很是不可思议。同行的猎人

---

① 砥石即磨石。

中有一人认为事有蹊跷，心里害怕不敢再追下去，剩下两人也只好放弃，眼见着那头鹿逃走了。丸山思来想去，还是不愿放弃，第二天又出去找寻那头鹿了。这一次他完美地击中了鹿的身躯，如愿以偿地猎捕到那头鹿。待他仔细查看前一日的伤口时，发现那鹿的膝盖骨已经粉碎，但却一点儿血都没有流。

下面还是这位丸山的故事，一年年末，他在八名郡七乡村的名号山上猎捕到了一头还不到七贯重的母鹿。本不是换毛的季节，这头鹿身上却布满比雪还白的斑点。对此大家看法不一：有人认为这是山中奇谈；有人认为它只是一头病鹿，是夏天的毛还没有换下去而已。这位丸山猎人也是个远近闻名的莽撞人，不管三七二十一就把这头鹿带回家了。

接下来的这件事也算不上是奇闻怪谈。说的是有个男子在凤来寺村的清泽谷猎到两头鹿。这两头鹿都长着漂亮的四叉鹿角。一般来说，即使三叉的形态不尽相同，鹿角最多也就分出三叉；这种分出四个叉来的鹿角实属罕见。

接下来的故事和前面的迥然不同，但作为山中奇谈的具体事件，我还是想拿出来讲讲。这是一个与本宫山的信仰相关的故事。

本宫山位于凤来寺的西南方，东临丰川河。山上有座名为"砥鹿神社"的国币小社①的内社。供奉的是大己贵命神，也就是天狗。一次，住在山脚下的一位猎人追着一头鹿进了山，眼见着失去了鹿的影踪，却在另一条山谷里发现了一头大鹿在沉睡。猎人立即搭弓引箭，却没有射中，连续几次都是如此。他心中疑惑，走近一看：原来是一块巨大的鹿形砥石。猎人见状，顿时感悟到神灵旨意。据说，这里供奉的正是砥鹿明神，故而才隐去了那头鹿的行踪。这个故事也许与天狗化鹿的故事不无关系（参见拙作《三州横山话》）。

本宫山以前有很多鹿出没。栖息在此的鹿，较之别处的体型硕大，有个"本宫鹿"的专属名头。一般的本宫鹿有十七八贯重，最重的能达到二十贯。这是因为本宫山土壤肥沃，植被繁茂。鹿吃得好，长得壮，不管鹿角的形态，还是身姿体态，都是无可挑剔的上品。

---

① 明治时期由国家出资供奉的小型神社。根据祈年祭时奉纳币帛者的身份和神社重要程度，分为官币大社、官币小社、国币大社、国币小社四种。

九　猎鹿人

在东乡村的出泽，有一位叫作铃木小助的猎人，虽然他已经去世五十多年，神枪手的美名却流传至今。因为他的枪法好，每年一到冬天，他家门前的柿子树上总是挂着两三头鹿。甚至有传闻说他有一次站在自家廊檐下，一枪打中了两头鹿。那天早上，他正在床上睡得迷迷糊糊，就听见已经起床的媳妇连声呼喊："孩子他爸，你快起来看看，道对面有引鹿打这儿过……"小助闻声，腾地起身，一把抓起放在枕边的猎枪来到外面。他抬眼一看，两头雄壮的公鹿一前一后地追逐着，往山谷那边的谷下村跑去。他看准时机，在两头鹿身形交叠的瞬间开了一枪，一枚子弹从前往后，完美地击中了两头鹿。

这位小助人如其名，身材矮小，但枪法极准。贩卖野猪和鹿的商贩每逢存货不足，就一定会到小助家来拜托他。每次人家过来时他都在睡觉，总是先不情不愿地爬起来，做好准备出发前只交代一句："等下哪边有枪声，你们往哪边去接应我。"据说，小助从未食言。一方面是因为他的枪法确实高超，另一方面也说明了以前的猎物真是不少。

还有一个关于小助的枪法出神入化的故事。那时，村里有个叫梅花洼的地方，居住着一只品性恶劣的狐狸，时不时就到村里骚扰村民。那只狐狸常说："小助的子弹总是打向固定的位置，没什么可怕的。"此后，它又附身在小助母亲身上，让小助彻底束手无策。

一天，小助把纸团当作子弹在枪里上了膛，朝着天花板就开了一枪，吓唬狐狸说："看到了吧，下次可就是真的子弹了。"这次终于吓住了狐狸，它败下阵来，和小助说好，第二天一早就离开小助母亲的身体。双方还约定，狐狸离开小助母亲的身体后，会前往对面的谷下村。等狐狸上坡的时候，会向小助举起一条腿作为离开的信号。它再三叮嘱小助，绝不能开枪打它。双方谈妥了细

鹿　　115

节，静待第二天的到来。次日清晨，小助起了个大早，到约定的地方一看——通往谷下村的大道上真的有一只狐狸在晃晃悠悠地往坡上走。没过一会儿，狐狸走到正对着小助家的位置，举起了一条腿示意。就在那时，小助一枪打死了这只狐狸。

长篠村的浅畑有个叫音五郎的猎人，好像是小助的兄弟抑或是其他亲属，据说也是个猎鹿的好手。虽没听说关于他太多的奇闻逸事，但还是有这么件稀罕事。有天早上，音五郎起床后一开门就看到院里坐着一头硕大的野狼。它张着大嘴，眼巴巴地看着音五郎。音五郎毫不畏惧，走到狼的身边仔细查看狼嘴里的情况——原来是一根大骨头卡在了它的喉咙里。他徒手伸进狼的喉咙，掏出了那根骨头。野狼高兴得直摇尾巴，转身离开了。第二天一早，音五郎家门口放着一头硕大的鹿。不用说，这是昨天离开的那头狼为了报恩而还回来的猎物。

十　十二岁的首猎

在凤来寺山的行者越有一户姓丸山的人家，据说他家有个入行五十多年的猎人，在十里八村都是有名的莽夫。行者越是凤来寺的里参道①，曾是从凤来寺通往远江的秋叶山的参拜之路，相传是很久之前，役小角②开辟的道路；也有一种说法是役小角想从此处进山，后未果而返，踩出来的小路，所以这里又被称为"行者返"。丸山家距凤来寺一里，离山脚下的汤谷也是一里，四下再无其

---

① 指通向神社或寺庙的小路。
② 指日本古代的咒术师，修验道的开山鼻祖。

他人家，是名副其实的"一家"。

我去探访他的时候，言语之间总能感受到他的顽固，不由得感慨以前还有这么任性的猎人啊。他处处流露出一种不信任其他外力的冷酷感。在和我交流期间，他似乎也并不在意我说了什么，只是用他那尖厉的声音喋喋不休地自说自话。他出生于更为偏僻的山里——北设乐郡的黑川，后来才被现在这家抱养。

丸山的生父家也是世代打猎为生，后招其为女婿的那家也是猎户出身。他第一次进山打猎的时候只有十二岁，在秋天烧荒过的田地边发现了一头鹿。丸山的第一枪打中了那头鹿的屁股，因为不是要害，那头鹿便带伤逃跑了。他一路追赶，一直追到一座远山的半山腰，猎狗才拦住了逃遁的伤鹿。丸山靠在一旁的泡桐树上开了第二枪，鹿中枪后朝山谷滚去。丸山马上又追了过去，扯下蔓藤打算把鹿捆在背后扛上山，奈何鹿太重，山谷又陡峭，最终未能成功。没有办法，他只能脱下上衣盖在鹿的尸身上做了记号，穿过山谷往回走。走到能远远望见自己家的地方，丸山爬到树上，敲击树干发出信号。当时他家有个充当男仆的食客，不多时就过来接应。两个人抬回家的鹿足有十六贯七百目①重。后来，丸山自己扛着鹿打算卖给离家五里外的津具村的鹿贩子，结果两人半路竟遇上了，商量一番后，最终以二两二分二铢②的价格成交。

当时的丸山才十二岁，还是要人疼爱的年纪，却自己一个人扛走了十六贯有余的鹿。正因如此，从小就胆大包天的丸山，在他十七岁那年的春天就离家独立生活了；从一个山打猎到另一个山，后被现在的家庭看中，成了这家的女婿。他年轻的时候，为了追赶猎物，好几次整夜在不知名的山中徘徊，不知疲倦，是个体力和精力都无与伦比的好猎手。于是，在凤来寺山脚下的门谷村，时常有人看到他扛着看起来不止百贯的枯树在山间行走。而我见到他的时候，他已逾六十岁，体型清瘦，完全不像臂力惊人的样子。

丸山一辈子猎捕到的猎物，仅是鹿的话都不止几百头。最多的时候，有一年冬天他猎到了六十二头鹿。话说，那已经是三十年前的事情了，当时丸山还有几条上乘的猎犬——达卡、手治和不二——他反复和我说着猎犬的

---

① 日本旧时的重量单位，1000目为1贯。
② 日本旧时的货币单位，4铢为1分，4分为1两。

名字。其中那条叫"手治"的猎犬十分乖巧伶俐，曾在一个冬天，猎捕到七头九贯来重的鹿。猎人们在山里发现了猎物，一旦打伤了它们，接下来就要派猎犬去把猎物的腿咬断。丸山还曾猎捕过七头熊，其中有一头躲在大树洞里。丸山只身一人爬上树，用厚刃刀砍断了熊的前肢，令它一命呜呼。这是他猎人生涯中首屈一指的傲人战绩。他告诉我说，曾经拜托画师帮忙画下这一幕，还拿出一幅粗糙的画让我看。我看过后沉默不语，因为画面当中的场景与他所说的内容毫不相符——那上面猎人面对的是一头瘦得可怜的熊。

十一　一家的结局

把丸山招为女婿的人家住在行者越，虽然表面上以经营旅馆为生，实则是世代相传的猎户。他的岳父不仅是位猎人，还是一位剑术超群的剑客，据说是有些缘故才流落此地，家中长枪长刀收藏了好几把。他的岳父身高四尺有余，貌不惊人，有剑在手则无人能敌。提起他的诨名"行者又藏"，远近的村落无人不晓、无人不知。

虽然不知让他举家迁徙至此当起猎人的具体原因，但家中修葺的房屋宽敞，屋顶苫着茅草。在明治维新时，曾有长州的士兵追赶幕府余部到过这里。据说，当时有十六名武士手握利刃，绔摆掖腰，凶神恶煞地沿着凤来寺大道追赶而来。沿街的住户都紧闭门户，躲在家中。这一行人来到行者越，用兵刃指着吊挂在屋檐下的草鞋问价钱，因而和坐在店铺门口的老人又藏吵了起来。就在这十六人围住又藏，要欺身而上的时候，又藏镇定自若地报上名号。士兵们闻言大吃一惊，吓得俯身致歉，连称失礼；辞别之时，又藏叮嘱士兵们向某人代为转达行者又藏的问候，他们无不恭敬地应承了。又藏当猎人的故事没有留下，做剑客的逸事却不止这一桩。

他曾与一位游历至此的剑客比试。那位剑客从座位一跃而起，"呀"的一声踢到了天花板。而又藏也在这一吼的瞬间，踢了两次天花板，一时之间高下立见。还有一次，在邻里齐聚的宴席上，又藏说："不论是谁，来捉我试试看。"紧接着，他就潜入榻榻米[①]下面，其速度堪比鼹鼠，确实无人能够靠近他分毫。但就是这么厉害的又藏，人生中也曾有过一次败绩。又藏与一位住在横山的老板相熟，常去他那边走动。不知什么时候，他与那家的男仆约定好：不管什么时候，男仆都可以瞅准时机攻击他。

---

① 一般为和式房间所铺设，榻榻米的面积有固定大小，1张榻榻米大约为1.4平方米。

然而，男仆一直没有找到他的破绽。但直到有那么一天，又藏和他家主人一起在麦田里站着说话。男仆一脸平静地在旁边拿着施肥的长柄勺给麦苗施肥，在田间走来走去，在接近又藏脚边的时候，"啪"的一下用那勺子击中了又藏的脚。又藏纵然身手敏捷，也无从躲避，被肥料弄脏了和服的裤脚。只这一次，又藏窘迫地挠着头说："是我大意了。"又藏的女儿，就是前面提到的丸山的妻子，也是一位女中豪杰。一次，她独自在家，半夜有人叩门，说是从大野来的旅人，想在她家借宿一夜。她听这人说话蹊跷，就悄悄地爬上二楼向外窥探，只见外面一行九人，个个手里都握着兵刃。

这女子见状，一只手握住丈夫的猎枪，一边说着"这就来了"，一边打开门闩，同时"咚咚"地放了两枪。门口的可疑人等大吃一惊，一溜烟儿从前面的坡道逃跑了。其中有一人吓软了腿脚，还是被逃走的同伴折返后拖走的。

这女子也已去世许久，只留下一个儿子。很久之前，杂志《少年世界》的记者曾看中这位勇猛的少年，在一期杂志中介绍过他的故事。据说，他小学毕业后不久，就到八名郡大野町的一户商家任职。大约是第二年，为了搭救

鹿

主人家溺水的孩子，两个人都被淹死了。了解过往的老人之中，有人深感痛惜，却又无可奈何。几年前，他家的房屋也被拆毁，房屋旧址也就此湮没于山林了。

十二　鹿之玉

行者越又藏一家的没落，与凤来寺的式微不无关系。这山里曾经供奉着药师如来和东照宫大权现（即德川家康）。旧幕府时期，此处曾有天台宗、真言宗两大宗派，领有一千三百五十石的寺庙俸禄，可谓盛极一时。明治时期颁布的"神佛分离令"[①]废佛毁释，凤来寺又遭遇几次火灾，已然没有往昔的繁荣景象。

在凤来寺的全盛期，山中十二坊中有一间岩本院，

[①] 日本明治政府颁布了"神佛分离令"，以禁止天皇所遵从的神令与佛教混合，却因误解引发"废佛毁释"运动，造成佛教空前的迫害浩劫，大量佛寺佛像被毁，僧侣被强制还俗。

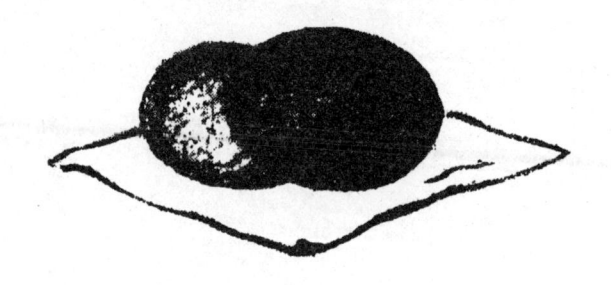

鹿玉

每逢正月十四的田乐祭，都会开龛展示七种宝物。这七种宝物是开山祖师利修仙人从百济带回来的琉璃壶、龙玉、熊角[1]、鹿玉、一寸八分稻、净琉璃姬[2]的穿衣镜、东照公[3]的盔甲。一人缴纳十二文便可参观。

只听名字就知道每样都是难得的珍宝。在岩本院没落之后，虽然不知其他宝物遗落何处，其中的鹿玉确被附近一户人家收藏了。

---

[1] 原文如此，恐有误。
[2] 即净琉璃御前，是人形净琉璃作品《净琉璃御前物语》（即《十二段草子》）的角色。
[3] 即德川家康，日本战国时代末期著名政治家、军事家。

一个很偶然的机会，我曾有幸见过一次鹿玉。那是一块鸡蛋大小、微微淡红的玉石，质地光滑无瑕，确是鹿玉无疑。这类的玉石，我也在别处见过。据说，这位鹿玉的收藏家与岩本院的渊源颇深。在寺院没落之际，方丈把这位收藏家叫去，万般嘱托："唯有此玉务必留在此地。"

但这也是后来杜撰的故事。另一方面，也有人背地说是那人趁乱偷出来的。不论如何，鹿玉能保存下来都是一件可喜可贺的事情。

这鹿玉是怎样在鹿的体内产生的暂且不提，当地人传言，大量的鹿会群集在一起，用角抵住鹿玉传递取乐，即所谓"鹿戏玉"，据说这会带给鹿无限的乐趣。一块玉在鹿角间传递，想必不是件易事。其中情形我无意讨论，只是听说家中藏有鹿玉，便能招财进宝。据我所知，旧时称得上富裕的门户，家中都藏有鹿玉。由此可见，鹿玉与财富的关系匪浅。

即便是狩猎为生的猎

鹿笛

人，也鲜少有人能得到鹿玉。听说只有垂垂老矣的老鹿，身体里才可能会有鹿玉。一旦有人得到鹿玉，必定会高价卖出。例如前面提及的行者越猎人，就曾经得到过一块鹿玉。

又有人说，鹿玉有生玉、死玉之分。不论是品质多么上乘，如果是从死后的猎物身上取下来的，都毫无功效。只有在"鹿戏玉"时，从鹿角中间夺得的鹿玉才有强大的灵力。凤来寺岩本院的鹿玉就属于后者——收藏这块鹿玉的老人一边说着，一边把玉再次拿给我看。"之所以说它是生玉，是因为这块玉触手生温，隐隐感到有脉搏似在跳动。"老人闭上眼睛，将玉握在手中示范给我看，之后又珍而重之地用紫色袱纱包好，收进了内室。

悄悄收藏鹿玉的人，往往会像藏了黄金之类贵重宝物一般秘而不宣，绝口不提玉的事情。因此，也许拥有鹿玉的人，遍布这村落内外也未尝可知。

十三　净琉璃御前与鹿

在凤来寺的传说中，光明皇后是从鹿胎中出生的。传说，凤来寺的开山鼻祖利修仙人曾经在西北方的烟严山岩洞中修法。一天，他登山远眺，洞察四方之时，忽感尿意袭来，就在旁边茅草丛内解手。恰巧一头母鹿从此经过，舔舐那茅草后有了身孕。在一个满月之夜，这头鹿生下了一个如珠似玉的女孩。利修仙人醉心修法，无暇顾及这个婴孩，就悄悄托人送回了自己的家乡奈良，将女孩放在了一户尊贵人家的府宅门口。那女孩长大后就成了光明皇后。因为她借鹿胎而生，生来脚趾便分成两瓣儿，宛如鹿蹄。皇后为此哀叹，为消除宿业专程到凤来寺药师如来处祈愿，还进献了御笔亲题的匾额。此事记载于凤来寺的寺记之中。此外，寺里还藏有元禄时期写就的《扫鹿夜话》的手抄本，将这件事煞有介事地写成利修仙人于百无聊赖中，夜夜前往西边山脚下的村子，与村中一名贫贱的女子生下女儿，后又牵强附会地将此事假托到了鹿身上。

但我幼年时听到的故事与上面的内容略有差异，是一个关于净琉璃姬的故事。净琉璃姬的传说详见于《十二段草子》①，说是东海道矢作驿馆的长老兼高哀叹自己没有子嗣，于是在药师堂闭关三七二十一天，祈求神明赐他一个孩子。恰逢他祈愿的最后一日，药师如来化身为一头硕大的白鹿托梦给他，说："你虽诚心挚意，但命中无子。今赐你灵药一丸，助你妻成孕。"在当地的传说中，也有说是药师如来化身做白发老翁前来托梦，说可以赐他一个鹿胎，而后消失得无影无踪。十月怀胎后，在一个月圆之夜，兼高的妻子生下一个美丽无双的女儿，遗憾的是这孩

---

① 又称《净琉璃御前物语》，据说是侍女小野阿通奉织田信长之命创作，故事中净琉璃御前本是三河国一个富翁的女儿。她美丽且多才多艺，与年轻的武士牛若丸一见钟情。后来，牛若丸不幸被人所害，被丢在河滩上。净琉璃御前得知噩耗后，每天夜间都来到河边哭泣，她的真情终于感动了上天诸神，最终救活了牛若丸。

子的脚趾都像鹿蹄一样，分成了两瓣儿。兼高十分伤心，为了掩盖女儿脚趾的秘密，就用布裹住了她的脚——据说这就是足袋①的由来。

听说在三四十年前，还有人以讲述净琉璃姬的故事为生，如今已经再也听不到那些唱词了。据说，附近还有两三户人家，现在家里还收藏着绘有净琉璃姬的卷轴。

鹿产子的传说慢慢嬗变，后来与妹背山的入鹿传说联系在了一起。在凤来寺东边山麓，有一个被群山环绕的小部落，叫作东门谷。部落中有个叫弥右卫门的人，他家的屋子后面有一个浮着红色铁锈的池塘，俗称"入鹿池"。有人说，这里就是鹿产下入鹿大臣②的地方；也有人说，曾有海豚在这里生下人类的婴儿；还有人说，猎人把鹿笛沾上池水后吹响，能引来世间各种各样的鹿。如今这个池塘是否还在，已无从得知。

另外，与东门谷一山之隔的凤来寺村山峰境内，有一块名叫"产田"的田地。据说是前面提及的鹿产下皇后之地，直到十多年前，这里都还有清除不完的注连绳。

---

① 指穿木屐时所穿的分成二趾的日式传统袜子。
② 即苏我入鹿，日本飞鸟时代的政治家，曾经一度权倾朝野。

十四　母鹿的眼睛

凤来寺自建寺之初，就与鹿有着不解之缘。自明治维新后，人们数典忘祖，开始虐杀起鹿来。

前面提及的岩本院，其正堂的西侧有一座背靠悬崖的白色木造建筑。这栋气派的建筑俗称"大难所"。不知从何时起，这大难所后壁上每天都有五六头引鹿经过。寺中一男子率先发现了引鹿，他想这深山之中，即便是到了明治时代也是个山高皇帝远的地方。思量再三，他胡乱找个由头，想着只要生擒引鹿，带下山去就好。于是，有一天这男子跑到山下的门谷村，找了几个游手好闲的年轻人，商量了捕捉引鹿的事情。他们在引鹿的必经之路挖好陷阱——把青竹子编成竹网，盖在提前挖好的陷阱上，鹿一旦踏入陷阱，再无脱身的可能。陷阱布置好的第二天一早，果然见到一头十四五贯重的公鹿落入其中。众人一拥而上，把鹿从头到脚捆得结结实实，又给鹿嘴戴上了马辔头，两个男人牵着缰绳，其余一行人在后面拍打着鹿的屁股，拖着这头鹿下了九百多级台阶，一路回到了门谷村的街上。这群人像正月里牵着马驹游街似的，牵着那头鹿四处转悠，挨家挨户地炫耀。那头鹿也断了逃跑的念头，一点儿没有抵抗。村里有个有威望的人叫作庄田，实在看不下去他们这么折腾一头鹿，就给了这伙年轻人一些钱，让他们把鹿放了。可这些人表面答应，转身出村把鹿又带回山上宰掉煮着吃了，实在残忍。听说了这件事的人无不暗中议论，说凤来寺真是没落了。事实上，明治四年发生的一场动乱，已令整座山发生了天翻地覆的变化，凤来寺也早已威严扫地。

虽然说不上是虐待，但猎人中有人会把刚出生的鹿崽当作诱饵，用以猎捕母鹿。猎人们夏天巡山找猎物的时候，偶尔会在山崖下或山体滑坡的地方见到滚下来的鹿崽。因为母鹿一定就在附近，所以猎人不会杀掉幼崽，而是把它绑到附近的树上。有时，猎人们还会让它发出"呦呦"的叫声,来诱捕母鹿。母鹿一旦发现孩子的身影,几天都不会离开那里,会在某个地方一直盯着幼崽。如果有人来到母鹿藏身之所的附近,一定会注意到它的眼眸。当人和鹿四目相对时,母鹿就会逃跑,将自己藏匿起来。因此,这种打猎方法也需要相当纯熟的技巧,经历过数次的失败,猎人也会犯起偏脾气,干脆在那儿睡上一整天,只待母鹿的出现。但有位猎人说,这种方法是绝对猎捕不到母鹿的。

如果幼崽被抓住,母鹿定会在附近时隐时现。反之,如果是母鹿被捉,鹿崽则一定会紧紧跟在其身边,不愿离开。如果有猎犬,这个时候定会扑上去,将鹿崽一口咬死;如果没有猎犬,鹿崽就会跌跌撞撞地跟在扛着母鹿尸体的猎人身后。那副可怜的样子,就算是再粗暴的猎人也不忍心对其下手。另外,鹿崽也叫作"小坊[①]"或"今坊"。如果是鹿角尚未分叉的两岁鹿,也叫"独角"或"独角坊"。

[①] 坊指对孩童亲昵的称呼,这里指对动物幼崽的称呼。

十五　鹿胎

　　腰腿还没有发育完全，就掉落山崖的鹿崽有时连诱捕母鹿的诱饵都当不了。对猎人来说，当鹿崽尚在母鹿体内的时候价值最大，甚至能获得超过一头鹿的暴利。

　　鹿胎一般叫作砂御或胎笼，将其焙干至漆黑后对产妇产后恢复疗效显著。现在虚弱的产妇已不多见了，但以前不管是哪个村子都有一两个脸色苍白、气血双亏的妇女。由此可见，鹿胎的需求量也一定不小。

　　明治初期，一头普通的鹿能卖五十钱到七十钱，而一个鹿胎就能卖到七十五钱，甚至是一日元。因此，猎人不择手段也想弄到妊娠的母鹿，自然不会考虑到鹿一年只产一胎，更无暇顾及鹿的繁衍问题。

一般认为，农历的阳春三月，母鹿"穿胫巾"时节的鹿胎疗效最佳。所谓"穿胫巾"就是指鹿在换毛时节腿上和身体的毛色不一，像是穿上了胫巾①的样子。初春时节，草木发芽，鹿开始褪去冬季偏黑色的旧毛。到了初夏忙着插秧的时候，鹿毛就完全变成了红色，上面开始出现纯白色的斑点。这个季节的鹿，俗称"五月中鹿"，五月也就是鹿妊娠的时节。鹿从腿上的蹄子跟部开始换毛，一点儿一点儿向上，最终遍布全身。当鹿毛正好换到膝盖的时候，看上去就像穿上了胫巾，也就是所谓"穿胫巾"的时节，远远望去，的确像穿着红色的胫巾。按月份算，这个时候的鹿胎应有五个月了，体积能比老鼠大一点儿，皮肤上也长出了漂亮的鹿崽斑点。据说，这是鹿胎功效最佳的时候，剖开母鹿的腹部取出鹿胎，刚好掌心的大小，对产后恢复有奇效。

晚春时节，芳菲尽落。鹿胎已经长成小猫大小，马上就要出生了。这时候的鹿胎效果不佳，卖不上高价。但却有狡猾的猎人，将鹿胎的皮剥下来，让它看起来小一点

---

① 俗称绑腿。天寒时用以御寒，行路时则用以护腿。

儿；鹿胎成了通红的肉块，也许是看起来揪心，猎人往往会拿到远处的陌生地方去卖。

据说，鹿肉能药用，鹿角也能够退热，用小刀从鹿角上刮下粉末，可随身携带作为常备药品。

十六　捕鹿陷阱

　　冬尽春始，鹿时常会光顾村民家的小便壶。从前在凤来寺山麓的门谷等地，起夜的村民看到两三头鹿消失在夜色之中都不足为奇。虽然狼之类的野兽也会如此，但这个季节的鹿在生理上对盐分的需求格外强烈。据说，即便鹿在山中，也会循着味道找到人类小便的痕迹。

　　每到这个季节，猎人们会使用一种吊脚陷阱猎捕鹿——这就是"跳罠"，常设置在烧荒过后的田地附近，鹿群可能会聚集的地方。具体方法就是先选一棵能将鹿轻松吊起来的小树，在树前堆一堆落叶，在落叶的周围用枯树枝之类围一圈栅栏，再给栅栏留一个出口，吊脚陷阱就

吊脚陷阱

设置在这出口附近；然后把最初选好的小树压弯，用藤蔓做出一个圆环挂在树上；再用另外一根藤蔓做成弹簧，让小树一直保持弯曲状态；接着，往围栏中的落叶上撒尿。当鹿过来时，一想舔舐落叶上的尿液，头就会碰到弹簧触发机关，弯曲的小树回弹的力量会将藤蔓圆环套在鹿的脖子上。前面说明得有点复杂，简而言之，就是利用弯曲小树回弹的力量，将来舔舐尿液的鹿脖子套住。

一旦有人用吊脚陷阱猎捕到鹿，别人也会跟风效仿。一个地方出现三四个同样陷阱的情况也并不少见。然而神奇的是，后面模仿的陷阱却不会套到鹿。在北设乐郡的黑川就曾经发生过这样的事：一排三四个同样的吊脚陷阱，却只有一个陷阱连续三天都能猎捕到鹿。

更不可思议的是吊脚陷阱捕获的都是母鹿，从未有公鹿上过当。或许是公鹿的鹿角碍事，藤蔓做的环不能顺利地套进去的缘故。但究竟是怎样的境况，猎人却又缄默不提了。据说，母鹿有了幼崽后格外喜欢舔舐尿液。这样看来，循着人类尿液味道而来的，不只有传说中诞下光明皇后的那头母鹿。听其他猎人说，也曾见过冬尽春始的清晨，有鹿在舔舐枯草上的白霜。

猎捕鹿的方法，除了吊脚陷阱，还有竹箭刀。竹箭刀的具体做法已经在野猪的章节中讲过，此处便不再赘述。猎人将竹箭刀立在烧荒过后田地的栅栏边，跳进去的鹿便会被刺中身亡。夏天，人们在田里播种荞麦、油菜和小麦的种子；收割完荞麦，油菜和小麦也长出了青苗。秋冬季节来临，山色转枯，只剩下这一片青苗，鹿便会被

竹箭刀

这绿色所吸引,把前蹄搭在高高的栅栏木上,借力一跃而入,却不知那里还有闪着寒光的竹箭刀正在严阵以待。一大早在附近转一圈,时不时就能看到胸部或腹部被竹箭刀刺穿而气绝身亡的鹿。曾有不入流的猎人炫耀自己的战绩,说一个冬天在同一块地的栅栏处猎捕到七头鹿。想想这些鹿也真是悲哀。

十七　巨蛇与鹿

关于巨蛇追击鹿的传说有很多。

从泷川村出发，沿小吹川而上，走上大约一里的山路，那儿有一户姓小吹的人家。据说，那片山里有巨蛇栖息。曾有个男子从凤来寺出发，翻山越岭来到此处，看见去路上有一棵硕大的松树横倒在地，凑近一看，却是一条巨蛇。还有泷川的猎人，早起来这儿猎捕引鹿时，眼见着一头大鹿从高耸的悬崖上滚落，正纳闷，抬头看时，一条巨蛇伸出镰刀似的头正在向下窥视。猎人大吃一惊，转身便逃走了。伊那大道的主干道上有个叫双濑的地方，那里也流传着类似的故事。当地有个如刀削般陡峭的悬崖，高高的崖峰直插云霄。一天，有一位猎人在崖下休息，听到悬崖上传来巨响，紧接着就有东西滚落下来。他定睛一看，掉下来的是一头鹿，和前面故事中讲的一样，它也是被巨蛇追赶才坠落悬崖的。这类的故事屡见不鲜，但八名郡石卷村的传闻尤为特别。

这是最近才发生的事，甚至当事人还是我听说过的人，可惜没能记住他的名字。有位猎人天色未亮就起床，前往石卷山去猎鹿。走到半山腰时，他在一处山崖下面休憩等待天亮。那是一处高耸的悬崖，崖峰层峦叠嶂，崖壁上的岩石像屋檐似的向前探出，这就是"颚峰"，遇见这种地形多是无法再向上攀登了。猎人的目标是出现在岩壁上的鹿。天色将明之时，一头大鹿突然从崖峰滚落而下。猎人大吃一惊，抬头向崖顶望去，只见高耸的崖石上，一条足有两间长的巨蛇，探出镰刀似的头，正往下看。猎人吓了一跳，举起猎枪连连射向巨蛇。巨蛇发出恐怖的声音，像断了线的木偶，一下子从上面跌落，痛苦地挣扎了一番后死掉了。猎人扛着鹿仓皇失措地往家逃。一到家门口却看见自己的媳妇脸色苍白晕倒在地。原来，这媳妇在猎人出门打猎之后，回到家中打盹时做了个梦。梦中她变成一条巨蛇，正在追赶一头鹿。眼见那头鹿从山崖跌落

鹿　　**143**

后，便从崖上往下窥视。没想到却被下面猎人的猎枪射中——再往后的记忆便模糊了，亦不记得梦中何时翻身起床来到门口。猎人听了媳妇说的种种奇遇，竟然与刚刚自己射中巨蛇的境遇一模一样。

　　这个故事好像还有遗漏的细节，毕竟是我上小学时，在上学路上从一个比我大四五岁的孩子那儿听来的。他则是前一天晚上听中村（宝饭郡的中村）来的伯父和父亲聊天时说起的。如今这个孩子和他的父亲都已故去，有些细节也没有办法进一步确认。同样是在八名郡，有个叫鸟原的地方——相传自古以来就是巨蛇的栖息地——有人亲眼见到巨蛇拖着鹿，从山脚下的草丛间经过。

十八　木材工匠[①]和鹿头

从长篠站到海老，我曾和一名男子同行过一段路程。途中，我们随意聊天，得知他是北设乐郡的田峰村人。听他说，在田峰深处——段户山皇家林地中——水晶山里有一个木材工匠聚居的部落，他曾在一位部落长者家中见到过两根漂亮的鹿角，整个鹿头都装饰在客厅中。

男子请求对方把鹿头转让给他，甚至愿意出三十日元的高价，对方也没有应允。那里是一个新集结的木匠部落，最初只有两三户人家，但很快就增加到二三十户。这

[①] 亦译作"旋木工匠"。是指用旋床加工木材的工匠。

些木匠刚开始定居在这里的时候，还经常能在附近的山里看到十五六头鹿聚在一起，嬉戏玩耍。顺便一提，段户山的鹿非常有名，而下面的故事也发生在这座山中。

一位伐木工人在干活儿时住在看田小屋里。有一天，天降大雪，工作无法进行。他无事可做，便百无聊赖地站在小屋门口。突然，他发现对面的日阴山上有两头鹿在追逐嬉戏。为了打发时间，他约上同伴，从两边分头上山，打算包抄那两头鹿，想把它们轰走。鹿发现他们后，竟一口气逃到山的那边去了。这位伐木工人和同伴有说有笑地往回走。走到半路，发现一处没有砍伐殆尽的林地中，似有什么东西密密匝匝地挤在一起蠕动。仔细一看，竟然是一大群鹿，大约有二十头，屁股挨着屁股，在树荫下挤作一团。他们把这群鹿也驱散了，但想不明白的是，刚才驱赶那两头鹿的时候，这群鹿为什么不逃走呢？

大概它们是为了避雪才聚集到一起的吧。当时，日俄战争刚刚结束不久，那位伐木工人也刚刚三十出头的年纪。

下面这个关于鹿群的故事，是我们村一位姓山口的人亲眼所见。一年夏天，山口作为飞毛腿，受一位急症病人所托，到看田小屋去送信。纵然他脚程飞快，到田峰村时也已经是日暮西山了。那天正好是农历八月十五,等他到了山里的金平床时,月光皎洁,照得大地宛如白昼。山口走在一望无垠的草原上,发现那里有成群的鹿在游荡。像是草原上被放牧的马群,几十头鹿沐浴着月光,分散在原野草场上。那场面透着几分诡异,但也十分壮观。鹿群好像没有发觉有人靠近似的,兀自悠然地迈着步子,有的鹿伫立在道路中央,有的鹿则在路旁目送他离开。

当山口到达看田小屋的时候,已经是深夜。在离开那片山里的草原后,他也好几次看到五六头结伴而行的鹿群经过。那是明治二十年前后的事,当时的山口还是个二十五六岁的青年。

十九　大鹿群

　　五十年前，段户山菅原深处的河滩上，一队壮工用河水运送木材时，发现河边茂密的茅草丛中，有一个赤身裸体的大汉挥动树枝驱赶一头体型硕大的鹿。壮工们随着木材一同下到了我们村，在村里借宿时说了这件事。大家都说那个裸体的男子大概是山男之类的异人。

　　不久后，河滩附近的树木鬼使神差地被砍伐得一干二净。接下来的故事就发生在这件事之后，是一位在距离河滩三里远的伐木工人亲眼所见。

　　明治三十年的冬天空前寒冷，眼看着就要大雪封山，不能再住在山里了。当时，一位伐木工人和他八个同伴一起住在看田小屋里。前一天,他们已完成了大部分的工作,接下来的工作分配已经确定,第二天一早几人打算商量一下收益分成。山间的清晨,光线还不充足,大家站在小屋门前,只能看清脚下的洼地。这天早上雾气格外浓重,笼罩着整片洼地。这位伐木工人与同伴之间有一段距离,独自望着填满洼地的浓雾。正在他看得出神之际,浓雾咕嘟咕嘟地涌起,不断地向上蔓延。接着,浓雾如云朵般越来越近,颜色开始慢慢转为淡淡的红色。定睛一看,他突然发现那云雾竟是数不清有多少头鹿的鹿群,差点失声叫出声来。鹿一头接着一头,像云雾一般涌了上来,又像风一样齐齐地转向了旁边的山峰。这时,其他伙伴也已经注意到了鹿群。大家都呆呆地立着,被眼前的景象夺去了声音。直到鹿群悉数走过,众人才回过神来。

因为这件事,大家都突然感受到大山的神秘和恐怖;又工作了一日,就收拾行李离开小屋,各自回家去了。当时,那个伐木工人才二十一二岁。

虽然有关大鹿群的传言不绝于耳,但这种规模的鹿群还真是闻所未闻。我难以相信,姑且就按他所说的记录了下来。实际上,这也许是野兽们留给人类的最后一笔谈资了。

不知不觉间，诸如此类不得要领的、只言片语的故事已经写了这么长了。这些故事发生在东三河的一块方圆不到五里的狭小土地之上。栖息在这里的鹿也与别处不同。寒峡川和丰川自北至南垂直分布，河流右岸的鹿比左岸远江山地的鹿要高大许多。前面提到的"本宫鹿"即是右岸的大鹿，而越接近远江山地，鹿的体型越小，俗称"远州鹿"，即便是长出三叉角的公鹿，也只有七八贯重。据说是山地多岩石，水草不丰美的缘故。可见，鹿的生活深受地理环境的影响。

猪・鹿・狸

狸

一　狸怪

曾有位以捕狸为生的男子和我说，狸这种东西，是个奇怪的家伙。这件事发生距今还不到五年，那时这男子和他的同伴在村里池代山中发现了一处洞穴。他们向深处挖去，一直挖到铺满枯叶的巢穴，也没见到狸的影子。两人都觉得不该如此，狸一定还在巢穴之中。猜测其中或许还有暗道，便用手掌四处按压寻找，结果既没找到暗道，也没找到狸。此时，他们已经挖到了岩壁，没办法再继续挖下去了，并且这是一个横洞，洞中昏暗，便由一人专门回去取了蜡烛来，借着烛光把洞里搜索个遍，依然一无所获，但看洞口的样子，里面至少有两三只狸。于是，两人商量今天先把洞口围住，明天再来看看情况。正着手准备的时候，来了一位观光的男子。两人把刚才的经过说给他听，这男子说："自古以来就说狸怕烟熏，不如试试用烟熏熏。"虽然听着不太靠谱，但二人别无良方，就决定试试这个办法——把落叶收集成堆，上面盖上杉树的绿叶，点燃后将烟扇进洞穴。其中一人在外看守，看看有没有逃跑的暗道。结果还不到两分钟，一只狸突然从烟雾中蹿了出来。外面的这位立刻用准备好的两股叉叉住了它。只是二人怎么也想不明白，这只狸刚刚究竟身藏何处。

还有一则这个男子在别处捕狸的故事。他将一个洞穴挖到六成左右的样子，一只狸跳了出来。他一挥锄头打了过去，狸应声倒地。他捆好狸的四肢，吊挂在旁边的树枝上。因为确信洞穴内还应该有两三只狸，于是，他准备继续往下挖。男子一边继续挖洞，一边看着吊在树上的狸。忽然，他发现那绳索眼看着就要断了，狸也摇摇欲坠。见状，他忙停下手里的活儿，把身边的绳索扔给同行的伙伴，让他帮忙换个绳索重新捆住那只狸。同伴正伸手去接绳索的时候，抓狸的手松了一下。就在那一刹那，本该死掉的狸忽然爬了起来，竟从同伴的手中溜走了。"啊呀"一声，二人齐齐惊呼的同时再匆忙追赶，就已经来

狸

狸的巢穴

不及了。这真是一时疏忽,追悔莫及。当时明明很用力地打中了这狸,想来它必死无疑,结果这家伙却是装死。一开始,这男子一直盯着吊挂狸的绳索,也是觉得事有蹊跷——它到底是昏死过去了,还是从头就在装死,不得而知。不过,无论是哪一种情况,这件事放在狸身上都是家常便饭。

二 狸的装死术

人们常说的"狸寝入り",就是"假寐、装睡"的意思。狸装睡的故事,未曾有所耳闻,但装死的事情,倒是经过不少猎人的证实。在山里追踪狸的时候,"砰"地开了一枪,眼见着狸应声倒地,这时候千万不能大意。有时候放出猎犬去追狸,当猎犬追上它一口咬住时,狸也会马上放弃抵抗。越是这样的紧要关头,狸越会钻空子,有时候猎犬也会失手。然而,经验老到的猎犬会识破狸的伎俩,不给它任何可乘之机。

凤来寺村有位叫作音什么(名字的第二字已经无从可考了)的猎人。有一次,他从分垂岭追踪一只狸,直到把它驱赶进田里，放出猎犬，才把它叼了回来。后来，猎人把狸拎回家，转身放到杂物间，猎犬在旁边寸步不离地看守。可就在猎人转身去后面上个厕所的工夫，再回来看时，猎犬和狸在杂物间门口缠斗在一起了。转眼间，猎犬咬死了狸，把它又叼了回来。如果没有猎犬看守，这只狸恐怕早就逃之夭夭了。

同村还有个男子，把打来的狸放在杂物间后，自己在炉边吃饭。没过一会儿，他便听到拴在外面的狗狂吠不止，透过窗格往外一看，本该被打死的狸竟然悄悄地抬头了。男子立刻意识到这只狸是在装死，于是"嗯"地咳嗽了一声，吓得那只狸赶紧躺平。过了一会儿，周遭再次安静下来，那只狸又把眼睛睁开一条缝窥视外头的情况。男子又"嗯"地咳嗽了一声，狸便慌忙地再次闭上了眼睛。

泷川有一位猎人在椎平山上发现了一只狸，在它逃向山下的时候开了一枪。狸打了个滚儿就倒地不动了。于是，这猎人把狸扛回家，吊挂在杂物间的天花板上给它剥皮。刚从背上剥了一半，猎人突然有急事离开，就把狸放在原地，自己去了隔壁的房间。

没料到被剥了一半皮的狸，竟然还能从地上爬起来，慢悠悠地从后门逃出去了。当时，猎人家里有人做客，见状乱作一团，一群人七手八脚，最终捉住了那只狸。

老鼠也经常会有这种情况：在房梁上跑来跑去的时候，被人用扫帚之类的一扫，就"吧嗒"一下掉在地上。当人捏着它的尾巴尖扔出屋外时，刚一落地，这家伙就嗖嗖地逃走了。这种情况当然也可能是老鼠它一时气绝昏死过去了，可前面说的那只狸，皮都被剥了一半才清醒过来，也的确是太奇怪了。但要说它一直都在装死的话，忍耐力也未免太有悖常理了。不管是哪种情况，都很符合世人对狸的认知。

三　狸的巢穴

据说只要悉心研究过狸的巢穴的人，看一眼山形地貌，就能知道这里是否有狸居住的巢穴。杂木丛生的山里，靠近山顶的树林边缘，是狸钟爱的居住之所。

虽说獾的巢穴也大抵如此，但狸的巢穴附近必定会有一条通向山谷水源地的小路。它们未必早晚都经过这里，但却会把小路修整得整齐干净。据说，这是狸用尾巴清扫出来的。除了通向水源的小路，狸的巢穴周围还有它们排泄的地方——"狸粪堆"。顾名思义，就是距离巢穴几间远，堆积了大量狸粪便的地方。有时，它们也会更换粪堆的位置，导致巢穴周围到处有粪便堆积的痕迹。虽然也可以从粪便的状态推测出巢穴里是否有狸生活，但它们偶尔也有离开两三天再回来的情况。所以仅从粪便的新鲜程度来判断狸是否在巢穴中并不准确。

狸的巢穴，入口处最为狭窄，越往深处越宽阔，最后会有一处厚厚地铺着枯叶和枯草的地方——狸就睡在那里。如果是个大巢穴，枯草睡床的面积能有两张榻榻米那么大。有的巢穴里面，枯草做的睡床里面还有一处高台，那是为湿气重的季节而准备的。暴雨过后，睡床被水淹没，这高台就派上用场了。

在狸的巢穴外狩猎，只需从洞口向内纵向挖，等狸从巢穴中跳出来，用提前准备好的木叉捉住它即可。如果带着猎犬，也可以让猎犬进去把狸叼出来。这个时候，猎犬的个头不能太大。当然，一个巢穴里住了两三只狸的时候，猎犬也未必能轻易把它们降服。

一个巢穴只住一只狸的情况非常少见，大多数情况都是两只以上的狸住在一起。多的时候，也有六七只住在一起的情况。如果换成獾，一个巢穴里居住的数量就更多了。俗话说"一窝十獾"，足见一个巢穴中居住十只獾都是司空见惯的。

狸往往在冬至前十天进到巢穴中，度过八十八天后再出来。这段时间,毋庸置疑,狸一定会待在巢穴中。到洞口捕狸的猎人可以在巢穴入口处插上茅草叶子之类,根据叶子振动的频率来判断是否有狸出入。

以前的猎人就算发现了狸的巢穴,如果没有十足的把握,也不会轻易出手。而最近,人们只要发现狸的巢穴,就算耗上一两天也要挖一挖。有的狸穴依岩洞而建,非常坚固,人们也要用炸药之类将它炸碎,把狸捉住。于是,狸的数量锐减。现如今,就算是村里捕狸的高手,也在抱怨一年也就只能捉到两三只狸了。

在我家附近的竹林中,很久之前就有传言,说有獾的巢穴。虽然这里车来车往,想来不太可能,但听附近的居民说,傍晚时分路过此地,有时就能看到獾。狸还算容易捕到的猎物,如果换成獾的话,即使挖断竹根,掘地三尺也不容易找到。要是这么看的话,也许真的有獾栖息于此也未尝可知。

四　捕兽夹子与狸

用捕兽夹子捕狸，已经是三十年前的老皇历了。如果在原本就没有狸出没的山里盲目地乱放，任你放多少也都是一无所获。比起漫山放捕兽夹子，还不如循着狸的踪迹放置，方能万无一失。曾有一阵子，有人引诱狸去咬摔炮来捕猎它们，被警察禁止后，就没人敢这么做了。

据说，用捕兽夹子猎捕狸时有不少趣事。一人在后山放了三个捕兽夹子，居然全被狸躲避开了。在屋檐下刚把狸皮剥下来，还没来得及挂上，就有皮革贩子来收购狸皮了。一位在北山皇家林地的边上开茶店的老爷爷告诉我说：当时狸的皮毛价钱低得让人难以置信。即便如此，这笔收入也比辛辛苦苦耕地来得划算。那时候，村前只有一块能耕种的土地，余下的地方都长满了荒草。后来，狸和狐的数量越来越少，耕地面积倒是扩大了起来。这十来年，打下的麦子，每年都能装满好几袋子。从五六年前开始，人们还开辟了水田，据说去年还收获了六袋大米。

在大肆使用捕兽夹子的时代，倒是能猎捕到狸，但也发生了不少蠢事，听来令人瞠目结舌。捕兽夹子夹住了狸的后腿，而猎人却眼睁睁地看着那只狸带着夹子一蹦一跳地逃走了。这场面如今简直难以想象，但当时那猎人却有不同的想法："难得抓到一只活的，马上就弄死太无趣了，不如先欣赏一下它痛苦的样子。"想罢，便从腰间拿出烟盒，坐在旁边悠闲地抽起烟来。而此时，狸被夹住的那条腿已经血肉模糊，裸露出内里的白筋来，还有一根筋挂在捕兽夹子的铁片上，眼看着就要被割断。每拼命挣扎一下，狸的那根筋就被拉长一点儿。即便如此，想要从捕兽夹中逃脱也是无望。猎人却在一旁坏心眼地说风凉话："你再怎么挣扎，也是逃不掉的喔。"狸听了这话，挣扎得更加剧烈，"扑哧"一声，居然挣脱了捕兽夹子逃走了。猎人也觉得自己蠢到家了，只能吃个哑巴亏。因为狸是弄断了筋才逃掉的，捕兽夹子上还夹着它的那条筋。猎人提着这夹子，悻悻地回了家。后来，他把这件事讲给别的猎人听，没想到对方也有过这样经历。这样看来，狸这招数也是屡试不爽了。

五 捡到狸的故事

在山中捡到狸并不是什么稀罕事，但如果发生在猎捕一只狸都费劲的时候，那还是很值得一说的。一次，村里有人一大早去山里的田地种小麦，经过一片田地时，看到有一只狸不知所措地呆立在那里。这人心想：这季节不应该有狸呀。就停下脚步仔细看一看，还真是一只狸，就马上过去把它捉住，弄死了。再一细看，原来这只狸的眼睛已经被打坏，是一只瞎了眼的狸。最近没听说附近有谁打中了狸，却让它逃脱了的消息，大概是从很远的地方，迷了路才流落到这里的。故事到这儿就结束了。实际上，当天还有另外一个人早他一步经过这片田地。这两人是前后院的邻居，不知为何两家关系很差，见面也是不分青红皂白地吵嚷，嘴里没有一句好话。不仅两家的屋子紧挨着，就连田地也相邻。

那个捡到狸的男子，拎着狸一路走到田里，却不去自己的田地，反而先来到隔壁男人家的田地，冷不丁地掏出那只狸，提在手里炫耀："再怎么宝贝你家那两亩地，也不至于天不亮就起床，目不斜视，急匆匆地赶到这儿吧。哪怕走路稍微注意一点儿呢，也不至于这天上掉的馅饼砸不到头上哇。"

没捡到狸的男子暗自嘀咕："遇到这么个人，真是没招儿。"

捡到狸的男子的确过分嚣张，但乡下确实就有这样的人：他们处事极度保守，对田地谜一样地执着，甚至节假日也要偷偷地工作，从早到晚忙个不停，分毫不舍地积攒家业——倒不是说羡慕或是嫉妒他们，而是觉得这些人固执得像个傻瓜。当年的一只狸能抵得上一袋米的价钱，好不容易有个捷足先登的机会，却把这样的好运放走了，可真是个傻瓜啊。

话说回来，狸有的时候还会因受伤迷路，不小心闯进村民家里。有户人家早上一开门，发现门口有一只大个

狸　165

儿的狸摇摇晃晃地走着。靠近一看，狸像是被猎犬之类咬过，浑身是血，看到有人来也没力气逃跑。这家人不忍心下杀手，把这难得的好运气拱手相让给邻居了。

六　扬沙

　　据说狸吓唬人的时候，会用尾巴搔人的头顶，或者是在人背后扬沙子。在凤来寺大道上，离了岔路口，过了分垂桥的地方，经常有狸出没，用尾巴搔弄人的头顶。最近，我开始相信此言非虚。桥畔长着五六棵红松，其中一棵的枝丫都伸到大道上面去了。距今三十年前，村里有位猎人，在傍晚时分路过这里时，随行的猎犬朝着树狂吠不止。当时天色已近黄昏，猎人本打算就这么走过去。可猎犬吠叫得愈发厉害，他抬头一看，横生的枝丫上竟然蹲着一只狸。猎人马上举枪射杀，提着它回家了。谁也难料世上竟有这样的好事。

从八名郡的大野往远江去，途中经过须山的四十四道弯盘山路，听说那里也常有狸出没，还会往人身上扬沙子。因此，少有走夜路的人打此经过。一天，一位大野的村民日暮时分从须山往回赶，行至四十四道弯时，时不时感觉到有人从背后朝他扬沙子。一开始他还不在意，越走越觉得诡异，便加快了脚程赶路。没想到他一加快脚步，后面朝他扔的沙子也变多了。最后，他甚至惊恐地奔跑起来，可是他越跑，那沙子就扬得越多。他疯了似的狂奔下坡，拐进了半路上的一户人家。事后他再回忆起来，那沙子大抵是当时自己穿的草鞋甩起来的，听来实在是让人忍俊不禁。但也有人和他这荒唐经历完全不同，还是在四十四道弯，真被丢过混着小石子的沙子。另有一位修行的人路过此处时，被狸吓唬了一番，整晚都在山里乱转，从须山村里借来的灯笼只剩骨架，自己穿的衣服也被剐得破烂不堪，身上满是擦伤，直到天色大亮才找到回家的路。如果狸连修行的人都能糊弄住，想来往人身上扬沙子的事对它来说也是小菜一碟。

七　狸与识货的人

　　常有人错把獾皮认作狸皮买走。更过分的是，这以次充好的手段在山里司空见惯。城里长大的行商货郎不知其中原委，看到屋檐下吊挂的皮子，套近乎地说："那是什么皮子呀？这是狸皮吧。"山里人就故作无知地说："嗯嗯，是狸皮，值这个价钱吧。"货郎心下嘀咕："这人不知道狸皮的价钱。"顿时起了贪念，想着能低价买到狸皮，一厢情愿地认为这是山里人消息闭塞，不知外面的行情。于是，货郎急急忙忙地付了钱，拿走了那张皮子。没想到半路有人和他搭讪，说："你买了张獾皮呀。"他才大吃一惊，意识到自己上当受骗了。獾皮的价格还不到狸皮的十分之一。那人问货郎是从哪儿买来的，得知后大笑着说："又是一个被那家伙骗了呀。"据说，有人这时候会后悔得号啕大哭。也有人不死心，跑到猎人家里挨家挨户地商量："不管多少钱，放在你这儿帮我把它卖了吧。"就把这獾皮扔给人家走掉了。

是獾还是狸，其实只有猎人能从外观上一眼看出，外行人确实难以辨认。有些时候，甚至连猎人也区分不清哪个是狸皮，哪个是獾皮。

曾有个故事说的就是这事。人们因为区分不清是狸还是獾，争论未果，就把皮子带到了村里一位见多识广的人家中。这人是一位卧床不起的盲人，他躺在客厅问大家说："这东西腿上有没有皱裂？"大家闻言赶紧查看，果然如此，于是回答说："有。""那就是狸了。"这位见多识广的人躺着就解决了众人的困惑。这位神奇的人物十七岁就患了眼疾，二十岁时就全盲了。即便如此，他对村中大大小小的事情还是了若指掌。虽然他的眼睛看不见，但山里的地形地貌，什么山上的石头生的什么样，他都神乎其神地了然于心。人们都替他惋惜，要是他的眼睛能看见就好了，殊不知他的晚年更是凄凉。

他在媳妇死后，又娶了填房，生了个女儿。过了不久，填房就得了不治之症，死在了村中的看田小屋里。在那之后，为了消除业障，女儿十三岁的时候，就被他带着出门云游去了。听说，父女俩从四国的八十八所走到了奥州的盐灶，最后在回乡的途中，见到了住在江户雉子桥御门长屋的表弟。久未见面，两人都十分开心。然而不久，这人便去世了。他的女儿因为母亲得了怪病去世，身世十分可怜。本来就是个十分依恋父母亲的孩子，十三岁又开始出门云游，一直四处漂泊。后来不知何故，十七岁云游至美浓的岩村时，在一场大雪中被冻僵在地——当时，她还穿着云游出行的装束。后来，得好心人帮助回到了家乡，也很快就死了。这事想来已经有近百年的历史了。

八　狸之火

　　据说狸是会点火的。有人说这狸火是蓝色，也有人说是红色，众说纷纭，没有定论。但也有人煞有介事地说：狸火是红色的，狐火是蓝色的，天狗的火则是闪着红光之类。不管怎么说，这些火的共同点：要么在山的北坡，要么在树木丛生形成的天然屏障中才能得见。

　　从长篠的医王寺向横山出发，翻过一座山就到了长篠主干道的十字路口。听说这里经常有狸出没——吓唬一下往来的行人，或是变出火来玩儿。

　　山路蜿蜒，缓缓延伸到主干道的十字路口，再往前是寒峡川开阔的峡谷，隐隐约约能看到峡谷对岸的大海村和出泽村中的灯光。纵然不是狸或者狐的火光,那稀稀落落的几点灯光也给人孤寂、冷清之感。有时,还能遥望到远处雁望山一带的灯光。我小学毕业的那年,下晚课走夜路,下坡时见到那里的灯光都会被吓一大跳,但却从来没有见到过狸或者是狐的火光。

还有传闻说,那一带时常会有奇怪的影子,或前或后地跟随着行人。你停它就停,你走它也走,你加快脚步它也加快,一直跟到村口才会消失不见。确实有人有过这样的经历,仅我知道的就有好几个。其中一个男子遇到人影的时候已经走到了村口的小桥,只见那人影向路边飘去,最后消失在小河中。

我小时候有过这样一件事情。一个男子大半夜到我家敲门求助,说是遇到了个奇怪的人,从十字路口那儿就一路跟随,像个影子一样亦步亦趋地跟着他,到了村口也没消失,他就一路跑到我家来了。这男子是邻村的富裕户,因为害怕不敢再翻山回家,请求留宿我家一晚。这看起来着实像狸的恶作剧。如果是狸的话,它消失的时候会发出一声巨响,听到声音就能判断得出。

九　唤人狸

据说，正月里一个人上山砍柴，就会听到"喂"的呼喊。在山雨欲来、氤氲温暖的天气里较为多见。如果一个女子单独上山，则一定会听到这种呼喊。

"喂"的喊声很轻，听起来像是错觉，又像是硬挤出来的声音。这边用柴刀"唰啦唰啦"地砍树，那边也发出了相同的声音。这边"唰"地一下砍倒一棵树，那边也传来"唰"的一声。高声询问"谁在那儿呢？"却得不到回应。过了一会儿，又传来"喂"的呼喊声，让人顿感毛骨悚然，只想赶紧回家。

这样说来，我也曾听闻这样一件怪事。一个人在制炭的时候，听到附近山的北坡传来笛子和太鼓的声音，好像一队人热热闹闹吹吹打打地朝这边走来，似乎下一秒就要转过拐角出现在眼前，可声音却突然消失了。据说这些都是狸的恶作剧。

狸会唤人，并以此为契机和人一唱一和喊着比赛，如果输了就要被它吃掉。于是，就常发生这样的情况：有人大半夜稀里糊涂没有理会的，也有人一旦回应了就得回答个没完没了的。深夜一人独处的时候，最容易上当；喊到口干舌燥，喝光了茶壶里的水也结束不了这个游戏。在长篠村的吉村寺庙后有一户人家，全家三口人轮番上阵回答狸的喊声，才没输下阵脚。也有用敲击木鱼代替喊声的人，天亮出门一看，一只形容可怖的老狸仰面朝天死在门口了。

泷川深处的大荷场有一户人家，每晚都会被栖息在无患谷的狸戏弄。狸发出"吧嗒吧嗒"的声音，这个叫藤兵卫的也不甘示弱，"吧嗒吧嗒"地还了回去。就这样一人一狸折腾了一夜。清早出门一看，檐廊下躺着一只大狸，早已气绝身亡。大荷场只有他们一户人家，家里也只有藤兵卫一口人。所以，有人暗中嘲笑他，说他也只能和狸喊来喊去地过日子了。

在凤来寺的内院，夏季祈雨仪式一过，一入夜便能听到笛子和太鼓的声音。当地人认为这不是狸，而是天狗在作怪。如果雨夜听到"吧嗒吧嗒"的声音，则是狸在搞鬼。像这样的夜晚，如果往山坡上走，周围便到处都是"吧嗒吧嗒"的声音。

十　漆黑的灯笼

关于狸的传说，最多的就是它会变身的故事。

去往钱龟（东乡村大字①出泽字钱龟）的行者下，每次都能听到狸吓唬行人的传闻。县道上只有几户人家，在竹林后一字排开，平日里不太能照得到阳光。其中有一家是个小酒馆，附近的人爱去那儿喝点小酒。夜深人静时，隔着一条溪谷，在我家都能听到那边有人喝醉酒后的歌声。

---

① 字为日本市町村内行政区划之一。由小字集中而成的较大的区域。大字相当于乡或镇，小字相当于间或巷。

距离那几户人家一町左右的地方，就是以前的村界。路旁的岩石堆里长着一棵香榧树——抑或是其他什么树，树枝繁茂，遮蔽了道路，树根处有一尊行者的石像。这里同时也供奉着马头观音和六地藏之类的佛像。顺着这条路往下，寒峡川湍急的水流便尽收眼底。

现在要说的故事，是一位老人家四十五六岁时候的经历。一天晚上，他经过此地，忽然看见前方有一盏漆黑的灯笼。和提着灯笼的人擦肩而过的时候，他抬头看了一眼对方的脸，那是一位满头白发、苍老至极的老婆婆，心里正想着："哎呀，这人我怎么没见过？"再回头一看，那老婆婆和灯笼都已经不见踪影。他吓得冷汗直流，再往前走几步，发现前面又有一头野兽舒展身体躺在那儿，像狗，像狐，又像狸，一时也搞不清楚到底是个什么动物。不可思议的是，这看着不大的动物竟把整条路都堵住了。他不敢贸然从它身上跨过，只好站定不动，思考对策。最后，从它尾巴那儿绕了过去。没想到这一过，周围景色突变，瞬间暗得伸手不见五指，他寸步难行。担心行差走错，不小心掉进山谷，百般无奈之下他只能摹着胆子蹲在原地；顺手从腰间掏出烟盒，抽起烟来。他边抽着烟，边有一搭无一搭地看着前方，突然发现前面模模糊糊地出现一个白色的东西。仔细一看,才发现那是刚才一直没有找到的路。此时再一抬头,只见满天繁星点点,远山清晰可辨,河水潺潺声声入耳。他怀着天色将明的心情,顺利地回了家,一路上再无异常。

大约二十年前,还有这么一件事——有人说是狸在捣乱,也有人说是幽灵作祟。有人看到村上很多已经去世的人从那儿经过。其中还有一位去世时已经九十多岁的婆婆,拄着拐杖往这边走来。思量再三,要说这些都是狸的把戏,未免有些冤枉它们。但距离此地不远的不二峰的狸,也确实时常出没在几町之外算桥一带的竹林中。

算桥是个只有两户人家的小部落,路旁都是田地。听说那里常有狸变成老婆婆出没。一天晚上,有位出泽的飞毛腿路经此地,看到前面有一位步履蹒跚的老婆婆。虽然夜色已深,但还能清晰地看到她和服上的花纹。等走到泷川的入口,大荷场川的桥边时,老婆婆纵身一跃,跳入河中不见了。

还有一个故事,可以确定与狸无关。以前在附近的深潭里,曾淹死过一个女子。她是被雇用来运输石子的,在水潭中乘坐木筏时,不小心跌落潭水淹死。后来有人说,时不时会看到这女子身着落水时的衣物,急急忙忙地

狸　179

从田边小路跑过来。或许是人们怜悯她还留下一个尚在襁褓中的孩子,因此才看到她的幻影吧。这幻影出现的地方和前面故事里说到的都是同一个地方。

十一　变成锄头的狸

　　这个故事发生在我五六岁的时候。一位在路边开茶店的老婆婆，在一个雨夜从追分回家的途中，从北山皇家林地的土桥上跌落山谷，摔死了。据说，她死的时候还撑着伞。她叫"阿清婆婆"，据说做生意存了些钱。有人说是狐狸把她推下去的，也有人说是附近盗人坡上的狸所为。

　　盗人坡在追分村外，不知为何取了这么个名字。出了村往幽暗的北山皇家林地走去，有一段沿着山崖修建的险路，那就是盗人坡——如今这里已经改建成公路。因为道路险峻，以前也有赶路的车夫失足跌落，摔死在那儿的。所以即便没有狸出没，也是让人心生恐惧的地方。据说，日暮时分途经此地，就一定会遇上有狸出来作恶。村里有位男子，黄昏时分路过这里，当时天色微暗，依稀能分辨出人脸。突然，他看到路中央堵着一位彪形大汉，怎么绕也绕不过去。一般人遇到这种情况都会害怕地逃走，而这个人血气方刚，毫无畏惧。他嘴里说着"你这家伙"，径直走过去用尽全力推了那大汉胸口一下。只见那大汉"噗"的一下消失了，好像有什么东西"啪嗒"一声掉落在地上。待他回头一看，脚边躺着一把锄头。大概是谁落下的锄头被狸拿了去，变成大汉来诓人。

在盗人坡被改为公路后的明治四十年前后，追分有个人去别的村子帮工，回村时走到这儿，看到不知从哪里冒出来个奇怪的人影，走在他前面。男子见状便觉奇怪，就停下脚步盯着它。只见那个影子离开树林，开始慢慢朝山那边移动，最后停在悬崖边，贴在了崖壁上。男子观察许久，终于敢迈开步子往家走了，路过山崖时一看，那人模样的东西已经完全辨认不了，只剩一团黑乎乎的印子。于是，他想：本来就是光线不足的傍晚，也许是自己看错了也未可知。这时，从后面追上了一个行人。男子便问他是否看到什么奇怪的东西，结果对方却说没注意到有什么异常。当然，这个故事并不是说一定有狸或者其他东西在作怪。

盗人坡的狸早就被猎杀一空，如今再也没有狸在此出没。曾经，村中有猎人把狸煮着吃，据说都是些老狸，肉质硬且不好吃，这是在捕狸捉狸的故事里常见的情节。一般都是说在某地捉到一只狸，煮了一吃，发现狸肉硬得硌牙，难吃得要命。

十二　是狸还是水獭

有狸出没的地方，未必是它的栖息地。据说在我们村出没的狸，主要栖息在峰峦叠嶂的仓木山上。虽然没听说它们幻化成人的传闻，但时常有弄出大动静、吓唬路人的逸事。

村边紧挨着大道的地方，有一棵叫"张切松"的红松。枝干像蛇一样虬曲盘旋，盖于在大道上方。旁边并排立着马头观音和道祖神[1]等石像，再往下是祭祀辨

---

[1] 日本村庄的守护神，立在村边道旁。据说可防止恶魔瘟神进村。

天^①的小池塘。夏季的祈雨仪式就在此处进行。一次，一个男子深夜路过此地，突然听到巨大的响声——就像有人把扛着的一捆竹子扔到他脚下似的。男子大吃一惊，吓得转身往回跑，当天夜里借住在了我家。

  一个木匠带着两个徒弟，在黄昏时分路过这里时，看到有一只浑身雪白的动物从"张切松"上一跃而下。紧接着，就连续不断地发出巨大的声响。任凭谁到了这儿，都会感到后颈发凉。村里有个富裕户，天一黑就不敢再走这里，甚至因此一辈子都没离开过村子。不仅是村里的村民，外地人也觉得这地方诡异得很。在这儿被吓到的人，无一例外都听到了那声巨响。有人说，那看着不像是狸的把戏，倒有几分像是水獭所为。从辨天池往山下走一点儿，就到了寒峡川的鹈颈渊。那里经常有水獭上岸玩耍，有人经过时，水獭会被吓一跳，跳入池塘进而发出巨大的声音。也许就是这巨响，让往来的行人惊慌失措的吧。

  总而言之，这是个让人不舒服的地方。有个男子傍晚路过这里，发现有个人坐在路边的石头上。凑近一看，

---

① 即妙音天女，是女性身相的智慧本尊。在印度教中，被认为是主神梵天的妻子。

狸　　185

却发现这人雌雄莫辨，朝向不明。

怪事倒也不限发生于此处。本来黄昏就比深夜更显诡异，模模糊糊、人面难辨的时刻，怪异的事情就格外多。

十三　化成少女的狸

凤来寺门谷村的高德山上，有一个伐木工人住在看田小屋中时，发生了这样一件事。平时小屋里住着三个人。一天晚上，一个人下山去和门谷村相熟的女子约会。第二天晚上，三个人在炉边烤火的时候，突然有人掀开门帘，探进头来。抬头一看，是一位年轻的女子，正是昨天那个人下山约会的对象。她站在那儿嘿嘿地傻笑。三人越看越觉得奇怪，顿时明白这是狸的恶作剧了，就半开玩笑地逗她，问道："你是从哪儿来的呀？"对方回答说："我从门谷的田町来的。"又问："你是田町哪家的呀？"对方就只剩下嘿嘿地傻笑，再不说话了。当时这三人正在烤鸽子吃,就拿出一串问她说:"你吃吗?"她就默默地接过去,吃了起来,吃完就走了。第二天晚上也是如此。到了第三天晚上,三个人在门口放了捕兽夹子,还用鸽子肉做了诱饵。等天亮一看,一只老狸被夹身亡了。此后,再没有年轻女子过来讨鸽子吃了。这三个伐木工人把那狸肉煮来吃了,果然又硬又难吃。

凤来寺长良村外的山谷里常有狸出没,倒是没幻化成少女,只是在踩中猎人布下的捕兽夹子后,便销声匿迹了。之前,这些狸还时不时在崖壁上往下扬沙子,或是变成地藏的石像,着实让往来的行人懊恼。

狸幻化成地藏石像的故事还真不少。与其说是幻化,莫不如说是利用石像吓人。从出泽村到谷下的途中,要翻越一座山。那山上供奉着"村雀"神,旁边就是"钵冠地藏"。有时,这地藏会幻化了吓人,当然,这也都是狸在作怪。一个月光皎洁的夜晚,村里有位姓关原的村民经过这里,突然听到地藏的石像发出咯咯的笑声。因为心里早有准备,所以关原抽出腰刀斩了下去,然后转身就跑。第二天一看,那地藏的佛像被劈成了两半——现在地藏佛像还是两半的样子立在那儿。据说,此后再没有地藏捉弄人的传闻了。

也有人说，那不是狸的所为，就是地藏在作怪。但地藏也不能出来承认说："那就是我干的。"所以，这也就成为一宗悬而未决的疑案了。

十四　狸怪与年轻人

在我们村的池代大洼里，住着一只厉害的老狸。它经常蹿到深泽桥上，吓唬往来的行人。那桥正好架在村中央的山谷上，将村子一分为二，分为上下两部分。话说二十年前，桥边住着一户人家。有天深夜，这家的男子只身一人从外回来，看到桥栏杆上靠着一个和尚。眼见着这和尚越变越大，把这男子吓得落荒而逃。

大约五十年前，村里有个人晚上经过这里，被狸吓了一跳后，不久就去世了。当时天色将暗，这人面如土色地闯进桥边一户人家。一看便知是被不干净的东西缠上了，他进来大喊一声，就倒在门口的地上，之后就口不能言了。当天夜里，他在那家躺了一晚，第二天回到自己家中，没过四五天就咽气了。卧床期间，这人还不停地念叨："好可怕呀，好可怕呀！"但他究竟遇到了什么怪物，他的家人绝口不提，外人也就无从得知了。他还不到二十岁，是个直爽的小伙子，据说那天是为了去下村找未婚妻，路过那儿才不幸遭遇了怪物。

我在《三州横山话》里讲过一个杀死老婆婆，把尸体带到山里的故事，同样也是狸造的孽。据说，深泽桥上有管狐出没，也有人说在那儿看到过幽灵。最新的故事是说附近有户人家办葬礼，傍晚时分，桥上还是人来人往。其中一人走到桥头，发现河堤上靠着个男子正在往这边看，走过桥去再回头看时，那男子已经无影无踪。人们都说那大概是幽灵，一时之间众人都方寸大乱。

出了村子去往长篠的途中，有个叫作"马崩森林"的地方。那是一处离村里田地三四间远，树高林密的所在，即使是正午时分也让人心生寒意。从那儿到长篠村一路上山峦起伏。据说，其中有品行不端的恶狸，时常出没吓唬路人。也有说是野狼和恶狐的，总而言之，这是个不安生的地方。我自己从那儿走过时，也有这种感觉。夜色降临之际，晨晓未破之时，幽暗的森林宛如地狱一般，让人心情阴郁。反之，如果从森林出来，踏入田间之时，心情顿感放松。走在那片森林里，就会有一种有人向后拖拽你的感觉，十分恐怖。正是因为这个原因，住在田地最前边的一户人家，以前总会在深夜听到有人敲门，打开一看，往往是一个被吓得面如土色的男子——都是些走在森林里，被吓得折返回来的行人。

一个男子傍晚经过那片森林前面，隔着大约一町的距离，看见那边有个狸拖着大尾巴在路中央转圈。紧接着，狸跳到路边，变成个少女又爬上来了。狐也常耍这样的手段。有一位修行的人，夜里独自走到这附近，就看见前方有个男子用波点花纹的手绢半遮着脸，一边走，一边哼着小曲儿。修行之人觉得奇怪，便专心念起九字真言。结果，那男子转身跳进下面的池塘里去了。

下面这则故事是祖母讲给我的。据说在我父亲小时候，有一天夜里，他们母子二人路过那片森林，走到林子中央时，好像看见了奇怪的东西。想来是狸在捉弄他们。我追问到底看到了什么，祖母却不再回答我了。

十五　墓碑上的头颅

狸经常出没的地点，大都是固定的几处：村边或村界附近、供奉道祖神或六地藏的地方。下面这故事就发生在这类场所。

长篠的医王寺附近有座"乘越山"，相传这山里住着一只老狸。这里作为水上部落和长篠本乡的分界线，正好是一处凹谷，三条大道在这儿交会。傍晚路过这里的时候，人们总能看到掉落路上的脏口袋，这时，绝不能稀里糊涂地就去捡，据说那是狸幻化出来的，捡了就会中了狸的圈套。此处两边古树参天，旁边还立着地藏的石像。

附近的年轻人在这山脚下发现过狸的巢穴。正挖着玩的时候,有个医王寺的和尚路过,说了句"大家辛苦"后,便飘然而去。有人说那就是巢穴的主人——狸所幻化的,它神不知鬼不觉地从暗道跑了出去,嘲弄这帮人呢。又或是一个艳阳高照的日子,突然来了一阵雨,一群人冒雨挖洞,浑身湿透了。这时,有个和尚撑着伞路过,嘲笑他们一身狼狈。村中有人一本正经地讲给我听,还说当时他就在场。

我的祖父曾经亲身经历过这样一件事。一次,从长篠本乡往家里赶,日暮时分正好走到那个三岔口。恍惚间走错了路,他便顺着山坡往医王寺方向走去。越走离家越远,等发觉走错路的时候,他已经走到山脚下的一处坟场。面前有一座新修的坟,坟前立着新竖的墓碑,旁边是白纸灯笼。仔细一看,那墓碑上面赫然放着一颗新斩下的男人头颅,还睁着眼睛朝他痴痴地笑呢。祖父平时也算是个胆大之人,见状就马上明白是狸在作怪,便抛下一句:"你觉得我会搭理你吗?"就头也不回地转身离开了坟场。直到归家,这一路上再没有怪事发生。据说,祖父年轻时常常讲起这件事,而我则是从姑姑那儿听来的。乘越山的山脊附近有一个村落,那里也时常有狸在傍晚出现,幻化作怪,把人骗进山里。也有人在黄昏日落时分,在岔道口附近听到不知从哪里传来"背背我，背背我"的声音。有一天，内金的一位瓦匠打这儿路过，要前往医王寺。正走到山冈上时，他突然听到背后传来"背背我"的声音，紧接着就好像有东西伏到了他的后背。这瓦匠吓得拔腿就跑，一路狂奔到医王寺有光亮的地方，后背的负重感才骤然消失。

也有人认为，当地的狸都已经被猎人杀光了，现在这些狸都是从山脚下的吉村迁徙过来的。如果追问他们："是真的吗？"他们又会说："应该还有当地的狸吧。就是那些幻化骗人的家伙。"继续追问道："那之前被猎杀的是哪些狸呢？"他们就又会编出新的瞎话来。各类传言即如此滋生而来，不绝于耳。

在长篠本乡和内金交界的施所桥上，夜里也常会有狸幻化出没。

下雨的夜晚，一个男子撑着伞走在桥上，回头一看，后面赫然跟着一张大脸——竟然是个长着三只眼睛的秃头妖怪。另有一个男子在夜间出行，看见桥栏杆处靠着个人，转身跳入河里去了。然而就是这样一座怪事频发的桥，附近也有人家居住，距离传闻中狸出没作怪的地方不过五间或七间远。故此推测，狸不只在远离人烟的地方作乱。

十六　身着红衣的狸

　　三河伊良胡峡谷的正中央，赤羽根和伊良胡村的交界处，耸立着峡谷中最高的山峰——越户峰。

　　距离此处不远就是大久保谷，相传那里自古以来就有恶狸栖息。听说，前不久发生了一件怪事：只要山下的村民早起进山工作，就一定会迷失方向。不仅是村里人，外地来的商旅到了此地也分不清方向。曾有从葬礼上回来的和尚和小沙弥，两人在黄昏时分走进山里，之后再也没有回来。还有一次，在山里发现了失踪者随身的手绢，满是血迹地挂在树枝上。由此，人们对山中栖息的东西产生了怀疑。村里经过讨论决定上山除害，其中一队人进到了大久保山的深处，发现一处前人未知的岩洞，深处有一个大狸的巢穴。在巢穴的前面找到了失踪者的一只鞋，大家便越发觉得这洞穴奇怪，在岩洞的周边围起栅栏后，继续往洞里面挖。谁料，这洞深得惊人，大家连续挖了三天才见底。洞内有八张榻榻米那么大，更深处还有一个高台。只见，一只大狸身着红衣端坐在高台上，斜着眼打量面前嘈杂的人群。村里人刚开始一愣，继而扑上去杀死了这只狸。那只狸也是一副求死的模样，毫无反抗地束手就擒了。在那只狸的身边堆满了人的骨头和衣物，都是迄今为止成了它腹中美食的失踪者们留下的骨骸。狸身上穿着的那件红衣，就是之前提到的自葬礼上回来的和尚之物。据说这只狸死后，大久保山中再无祸患。这则故事是从丰桥町的一个老婆婆那儿听来的，她则是听当地人说的。不一定非是着红色的衣服，狸吃人的故事在别处也有耳闻。小时候，孩子们总被大人们问到狐和狸，哪个更可怕，我们都一口咬定，不管哪个都吃人，两个都是可怕的动物。最近，我听说在八名郡的鸟原山也流传出了狸吃人的故事。

除了吃人，还有一种传闻说狸会拐带女子去当它的老婆。宝饭郡八幡村的千两就有这么一件事。有一家的女儿离家出走后，行踪不明，各方打听之后，一只狸附身在

狸　197

附近一个病人身上,告诉大家说:"我把这女孩带走当媳妇了。我现在住在×××。"不小心说漏了它的居所,就在这村子西北方——高耸入云的本宫山深处。于是,这家人又雇人前往深山打探,最后在一处险峻的崖石后面发现了女儿。她被安置在一处遮风挡雨的好地方。后来,家里人问这女孩几日来的情形,她说根本没看到狸什么的,只是时不时有人给她带来山里的野果之类。听说这家女儿平常就有些神智不全。这是我十二三岁时,从邻村的木材工匠那儿听来的故事。

十七　召狸的传说

以前村里的年轻人，常常三五成群地聚在一起，玩"狐狗狸"或者"西京鼠"之类召唤狐或者狸的游戏打发时间。其中，最早消亡的就是召唤狸的游戏。虽然之后很少有人再玩了，但因为玩法简单，偶尔还会有人再做尝试。

具体操作方法大概是这样：不管是召唤狐还是狸，都得先把眼睛蒙起来，手握白纸当作币帛，只接下来要念的咒语略有不同。

召唤狸的时候要说：

天雷滚滚，地潮阵阵。

浅山见山，黑羽乍现。

大明神仙，大明神仙。

快快显灵，召狸来见。

快快显灵，召狸来见。

　　反复吟诵咒语直至狸附身。被狸附身后的人先是面色青白；接着，呼吸变得急促；接下来，脸色有所缓和，慢慢变红，直至通红；身体开始剧烈抖动，好似风中的树叶。据说，这是狸就要附上身的表现。过了这阵，被附身之人的气血全失，脸色苍白，身体也好像急剧缩小成了一团。这就是狸成功附身了，大家就可以开始提问了。当然，这都是村里年轻人的做法；修行之人召唤狸的时候，所用的咒语和做法完全不同。

　　请来的狸要送走时，要在那个人的后背写上"犬"字，最后那个点要格外用力，越用力越好。如果在这个环节偷懒，或是蒙眼睛的手绢松掉的话，狸离开后就会附身到附近的老人或是孩子身上，情况就变得棘手了。听一位老人说，他曾经在玩这个游戏的时候，没有成功把狸送走。结果，狸附身在自己的孩子身上，每晚啼哭不止。抱着的时候还好，一旦放到床上，孩子的身体就突然变得僵直，像是被火烧到似的号啕不止。夜夜都是如此，他和媳妇只能轮番抱着，熬到天亮；有时候在家也待不住，只能抱到外面摇晃着哄。此刻，他无比后悔招惹了狸，一边抱着孩子摇晃着走路，一边默默地和孩子一起哭泣。在这期间，他们也试验过了很多驱魔的方法。在枕边放一把短刀，或是去神社求一张灵符压在孩子褥子下面，但这些方法统统没有效果。突然有一天，他灵机一动，想起家里有个野狼的上颚骨做成的吊坠，赶紧翻出来塞在被子里。神奇的是，孩子马上就止住了夜啼。据说，以前有不少人把野狼的上颚骨风干，做成吊坠驱魔。我曾见过有人在野狼的上颚骨内侧涂上红漆，挂在腰间。

　　召唤狸的游戏盛行的时候，似乎很容易就会让狸附身于人。"狐狗狸"等游戏均是如此。流行的时候，不需要烦琐的步骤就很容易将狸召唤而来——酒席间，半开玩笑地用三根筷子绑起来，架在桌面，上面放上一个盘子，念起咒语，盘子就会歪歪扭扭地动起来。老人们则郑重其事地告诉我说："那个时候，狸什么的到处都是，指不定还专门等着人召唤呢。"

狸　201

十八　狸的印盒

有那么一类故事比较少见，那就是狸会给人们赐福。长篠村富荣大字富贵字有户人家，曾从云游四方的狸那里得到过一个印盒。云游四方的狸，虽然听起来有些奇怪，想来应该是狸幻化成了僧侣去云游的意思吧。因为有了这个印盒，这家才得以永享富贵，这个只有三四户人家的小部落才得名"富贵"的吧。这个印盒如今辗转到了邻村一户富裕人家手中。而它原来的主人家，已经日渐式微了。说起那个印盒，我也曾有过一眼之缘。涂成黑色的漆面上绘制着梨皮泥金画，遗憾的是盒盖很久之前就遗失了。在我看来，这印盒并没有什么看起来像是狸的馈赠的痕迹。

奇怪的是，关于这印盒的来历还另有一个传说。相传，这物件是柳生十兵卫习武修行时遗落下来的。狸和柳生的剑术，二者风马牛不相及，不知道这个传闻是怎么来的。

据说，与富贵村一谷之隔的长篠村内金那儿有户人家，家里收藏着文福茶釜。从大道往山上走，那户人家的房子就建在禅宗古寺正福寺的门前。一直到上一辈，他家都是村里最有钱的富裕户，也是建村的元老之一。关于他家收藏的文福茶釜的来历，相传是祖辈很久之前从正福寺的和尚那儿得到的。正因为有了这个茶釜，他家才能福运绵延。我从未在当地听过狸幻化成茶釜的故事，正福寺中也不曾有过狸变成的和尚。这话说得有些啰唆，实际上，在另外一个故事里，这茶釜曾是天正时期长篠城主之物，因后来城池易主而散落民间，辗转到了这家人手里。这样看来，这家的祖先大概曾是位武士。

大约十年前，我还专程为了这个茶釜，去拜访了那户人家。在原屋旧址的旁边，建了一个小小的草庐，里面住着一位五十岁上下、面色阴郁的女子。她将那茶釜的故事细细讲给我听。她说那茶釜直到二十年前还架在灶上用呢，但如今已经不见了。其实更早以前，茶釜的盖子和把

狸 203

手就已经不是原装的了。因为他们曾把这茶釜借给一位铸锅匠，等还回来的时候，盖子和把手就已经遗失了。于是，茶釜的把手就用普通的铁丝代替，再后来，家中连遭不幸，好多东西都被亲戚拿走了，其中就有这茶釜。这女子说茶釜应该在某位亲戚家中，如果我想去的话，她可以帮忙先打个招呼。听她描述，这茶釜是用色泽红润的铸铁造就，远远看上去像陶器。壶身的一侧有一个铁瓶似的壶嘴儿，下面是鹿角形的三叉脚。作为茶釜而言，这风格的确独特。

那女子一边拭泪，一边埋怨说："就剩下那个茶釜算是个像样的物件了，说什么也不应该转手给人啊。"看到她如此，我也不由得悲从中来。她又和我讲了许多，例如，家中原有的挂件和腰饰等，也已经悉数散尽了，我听完这些令人唏嘘不已的故事才离开。后来才知道，她家那个拿到茶釜的亲戚，比民间故事里云游的狸走过的地方还多——从丰桥到名古屋、东京，辗转多地，就为了把茶釜卖个好价钱，但最终也未能如愿，只得再把茶釜带回家。这个传说中神奇的文福茶釜，也许已经回本溯源，成为普通的烧水茶壶，重新回到炉上了吧。

十九　旧茶釜的故事

前面讲述的是文福茶釜的传奇，接下来再讲一个与狸没有直接关系，只是农家炉灶上的茶釜故事。如果其中涉及狸的问题，那也只能算是意外之获。

我们这边使用的茶釜，大多产自宝饭郡的铁匠铺——枣形的釜身，底部有三个支点，釜肩处装饰着藤蔓。与此相对，中间鼓起呈圆形，配有拉环的茶釜，才被称作"文福茶釜"。很少有人家使用文福茶釜，大概是因为它无法挂在炉灶上方，使用起来不方便吧。

在前面屡次提及的追分村的中根家里，有个比他家历史还悠久的茶釜。外形虽是非常普通的椭圆形，却是一件了不起的古董——相传这是天正的三大名釜之一。最近，听说这家的主人时常会把这茶釜拿出来，用水冲洗打磨，盘算着能卖出三百两的好价钱。而实际上，这茶釜现在还在他家的炉灶上呢。

在我家附近，有户人家也收藏了一个古老的茶釜。据说，有位行商的货郎路过他家，看到了炉灶上的茶釜，出五两的高价收购。此后，这家人便格外珍惜这个茶釜。实际上，这茶釜并无特别之处，与普通茶釜最大的差别就是底部没有支点。

长篠村西组有一户姓赤尾的人家，日子虽然过得并不算多么富裕，但好像是从长篠之战时就有名号的世家。他家炉灶上挂的这种茶斧叫作"阵茶釜"，相传多在战争中使用，形制极小，一看就是个与众不同的物件。这茶釜在赤尾家一直以来都平安无事。后来，这家遭逢不幸，移居到一处狭小的住所。家里的茶釜被附近医王寺的和尚盯上，每天游说他们把茶釜让给自己。最终，这个茶釜到底是抵了赤尾家缴纳永代的供养金，被寺庙拿走了。这个和尚把它和其他长篠之战的遗物收藏在一起，非常珍重地用它烧水给香客沏茶。不幸的是，在明治三十几年，医王寺遭遇火灾，茶釜被烧得面目全非。我曾听闻这茶釜的旧主感叹："刚送去寺庙没多久，就遇到了这样的事。"

长篠城库房旧址附近，住着一户姓林的人家。他家也有个珍稀的旧茶釜，在收拾家中物品时变卖了出去。买走的那个人后来还得了一笔意外之财。这林家应该是长篠之战中某位勇士的后裔。

八名郡山吉田村的新户，也有一家藏有旧茶釜。那只茶釜大得出奇。据说用它烧水时，水一沸腾，茶釜就变成红色，放出奇异的光泽。后来，这家主人把它放在壁龛上插花用了。

这样看来，凡是家中藏有旧茶釜的人家都曾是名门望族，也都家道中落了。可以确定的是，家族没落影响了挂在炉灶上茶釜的去留，但却实难确定茶釜是如何影响到家族命运的。我们小时候常听大人说，茶釜中住着福神。《三州横山话》中写道，村里一位长者家中的主妇，不小心用纺锤砸中了茶釜，导致居住其中的福神逃至别处，而这家也从此一蹶不振。再进一步收集资料，我感觉这福神的秘密马上就要水落石出了。

二十　老房旧事

凤来寺村的山峰境内,有一户人家的房子历史相当悠久,没人知道此处住过多少代人。现如今,房子已被尘埃尽掩。很久之前,就有传言说这老房子里住着一只狸。虽然狸从未现身,但夜晚时分,客人坐在炉火边和主人聊天时,总能听到"吧嗒"的奇怪声音,炉火也会突然变暗。这时,挂茶釜的吊钩上就会出现一个扫帚似的东西。据说那就是狸的尾巴。不过也就仅限于此了,狸也并没有做出什么其他坏事。一天,这家的少爷再受不了邻居们的风言风语,决定把狸赶走。少爷在炉灶上堆满青杉的树叶,生火后冒出滚滚的浓烟,就算是道行颇深的老狸也难以招架，开始用尾巴四处"啪啪"地敲打墙壁，在天花板上一阵乱窜后逃走了。在那之后，这家就再也没有怪事发生了。也有人说，那次狸并没有逃走。无论如何，那家的旧房子十多年前就毁掉了，那只狸想必早就找到其他栖身之处了吧。

据说，北设乐郡本乡一户酒家的地窖里，也住着一只狸。因为常年偷偷喝酒，那只狸的肚皮都变成了红色。我还听说，在拆除地窖的时候，从里面络绎不绝地逃出来好多只狸。

长篠城旧址附近，寒峡川和三轮川交汇的地方，有一个叫作"长盛舍"的货运仓库。听人说那里也有狸栖息。那仓库很久之前就被拆毁了，据说那房子长得惊人，在里面根本看不到两头。有人说，这地方一看就是狸中意的栖身之所啊。住在那里面的狸有时化作人形在周围出没；有时在仓库里大肆作乱，发出太鼓和笛子的声音，远在河对岸的乘本和久间都能听得清清楚楚。

不只这个仓库，凡是老旧空旷的建筑物，有狸出没都是常态。

写到这里与狸相关的故事也要告一段落了，最后再来讲一个八叠①屋的故事。在我们听说过的民间故事中，关于狸的故事，除了"文福茶釜"和"喀呲喀呲山"②之外，还有个"狸的睾丸八叠大"的故事。印象当中，这个故事有两个版本，小时候时常听人讲起。不过，大概是因为内容有些下流，听的时候没有留心，现在也不太记得具体的故事情节了。

以前，有个地方住着一名赌徒，不知道从哪里弄到一枚狸变的骰子。那骰子能转出男子心中所想的点数，大合男子的心意。不但如此，还能让它变成各种各样的物件。有一次，隔壁邻居家举办婚礼，这赌徒苦于身无长物，没有拿得出手的礼物。于是，就让这骰子变成了一条漂亮的红鲷鱼，他拎着便去隔壁参加婚礼。这红鲷鱼受到大家的赞誉，送到厨房的砧板上准备烹饪的时候，这条鱼却急忙跳下地逃走了。后来，这赌徒愈发贪得无厌，向狸提出了很多无理要求。狸不厌其烦，最终决定离开。临行之前，它变成一栋八叠大的屋子给赌徒看。赌徒着迷地看着这铺满崭新榻榻米的漂亮屋子，一晃神把烟头落在了地

---

① 1张榻榻米的面积称之为1叠。
② 日本《御伽草子》中的故事，"喀呲喀呲"是日语当中的拟声词，用来形容柴火燃烧时发出的声音。

板上。只听"吱吱"两声,漂亮的屋子转眼消失,只剩下这赌徒一人坐在旷野之中。

还有一个类似的故事。说的是有一个小和尚在路上见到了一个皱皱巴巴的口袋,摸起来又暖又软,其上还有乱蓬蓬的毛发。这个口袋就像前面故事里说的骰子一样,给小和尚变出了各种各样的东西。最后,小和尚说想要一间八叠大的屋子。狸便依言变出了一间漂亮的屋子,只不过其中一出口比较奇怪,看起来就像口袋的扎口。小和尚十分好奇,忍不住用针尖扎了一下,就听"吱吱"两声,屋子不见了,又变回了毛茸茸的口袋模样,而且打这以后,狸就再也不能施展法术了。

二十一　狸的结局

关于村子里狸的故事讲完了。居住在屋子附近的森林里、洼地中的狸，因为输了互喊游戏，仰面朝天地死在了屋檐之下；见多识广、道行深厚的老狸死在了猎人的枪口之下；还有的狸误咬了炸药，被炸裂口腔而死。

而结局无一不是简单的只言片语：人们煮食了狸肉，发现肉质坚硬，难吃至极。作为诸多民间故事的主角，最后却得了个草草收场的结局。如果今后要给狸赋予一个新的结局，我想那既不是比试失败，也不是死于枪下，应该是一个更符合狸性格的死法吧。

明治三十几年，在丰川铁路刚刚开通到长篠的时候，住在川路正乐寺森林中的狸，在铁路施工时，被破坏掉了巢穴。狸当晚幻化作火车头沿着铁轨驶来，吓坏了对面来的火车。一开始，火车驾驶员被吓得魂飞胆破，慌慌张张地拉闸停车。第二天晚上，虽然对面驶来的火车汽笛长鸣，这驾驶员也不再理会，毫不迟疑地开了过去。结果，火车头"唰"的一下消失了，接着"啪"的一声好像有东西滚落在地，与此同时，火车好像碾压过什么东西，并无异样地开走了。第二天早上一看，有一只老狸被碾死在铁轨上，铁路上的工人就把它捡回去煮着吃了。那地方位于川路和长篠之间，停车的地方距离长篠略近。山体受铁路工程影响，被挖掘得很厉害。这样看来，这故事倒像确有其事。从那之后，正乐寺的森林里便再也没有出现过狸。

有趣的是在这件事发生之前，我就听人说过类似的传闻。那是发生在比川路更偏远的地方，是东海道刚通火车时的事情。在宝饭郡的五油和浦郡两站之间的隧道里，有只老狸幻化成火车后被碾死了。因为修建隧道毁坏了狸的巢穴，它因此怀恨在心。而火车就是这铁路带来的第一份"礼物"。再厉害的狸也不可能胜过火车，听罢这故事后，我不禁心生悲悯。也许对于狸而言，虽然建设隧道的工程毁坏了它的巢穴，但这每天进进出出，噪声震天的火

狸　213

车更让它痛恨也未尝可知。不论如何，狸最后输掉了自己的性命。

说起隧道让我又想起来一个故事。明治初年，从长篠的汤谷到牧原需要翻过一座山，有人凭借一己之力开凿了一条隧道。因为修建隧道而毁掉了狸的巢穴，惹恼了它们。于是，为了发泄怒火，狸每晚出来作怪。天刚黑，它们就撑着伞在隧道里吓唬人。

狸自然不会认为行人是毁掉巢穴的始作俑者，因此并没有打算向他们复仇。但因为当时还没有火车经过，于是失去家园的狸，看到有人经过就大跳《太平乐》，也真是让人不胜其烦。虽然没听说过这里有狸被杀死的传闻，但近来因为通了火车，不知道狸会不会做出奇怪的举动，从而引来杀身之祸。或许，它们早已迁徙到其他可以安身立命的地方去了。总之，我再没有听过更多相关的传闻。

最后还有一个落下的故事，讲的不再是前面故事中那种半死不活的狸了。在横山东面，远江引佐郡的别所，有一座本龙古寺。一到晚上就有狸到便所作乱。一次，借住在寺庙中的姑娘去便所，被吓得脸色铁青地逃了回来。寺里的婆婆再去查看时，发现里面蹲着个白胡子老头儿。这件事发生在明治初年，这故事是听那老婆婆亲口讲述的。此外，我还听过狸在便所外敲门的故事。据说，便所外空无一人，却有"嘎吱"声传来，十有八九就是狸在捣乱。另外，住在看田小屋里的人也会在便所受到骚扰。但就不知道二者是否有所关联。据说，这是狸觅食的技巧，并无恶意。

后　记

不同于夏日里炎热、易出汗的大晴天，冬日常有这种天气：周围沉寂安静，天空阴晴难辨。在这样的天气里，物体的轮廓格外清晰，甚至能数得清楚远处山间的树叶。村庄坐落在大大小小的群山峻岭之中，沉静得仿佛水底世界，默默地等待着下一时刻的到来。这一时节，人们慵懒得仿佛身体里的血液停止了流动；肉体也好像从皮肤开始溶解，慢慢融入周围的空气中，渗入脚边的泥土里。从何处来——也许从地角涌来，好似微弱的喧嚣渐渐迫近。这种感觉一旦碰触到身体，就会牵动你的心绪，让人异常紧张。我苦于无法形容这种感觉，却脱口而出一句："啊，就像在什么地方追逐野猪一样。"凝神静气，侧耳静听，好像真的听到"噢咿噢咿"的声音。接着是猎犬尖锐的"狺狺"声。原来如此，好像真的有人在追逐野猪。那些声音越来越清晰，好像风掠过山峰。

猎人翻山越岭地追赶野猪，朝这边来了。枪声响起，箭如雨下，猎猪之战正酣。田间耕种的农民、赶路的行人都莫名其妙地焦灼起来，放下手边的工作，迫不及待地想要知道野猪到底在哪里。甚至还有人特意出门，漫无目的地乱逛，企图撞上猎人追捕野猪的现场。野猪奔跑的情景，就这样清晰地浮现在人们的脑海中。

对于村里人来说，关注猎捕野猪不仅出于好奇，更是因为身体里面还潜藏着某些对他们有着致命吸引力的东西。

这样看来，村里的人们对野兽的事情怀有兴趣，喜欢听这类的故事，也在情理之中。因为狩猎的故事太过精彩，有时甚至会忘记繁忙的工作，蹲在田埂上一听就是大半天——这种情况也是司空见惯。

本书把野猪、鹿、狸和其他的山中野兽的名字洋洋洒洒地罗列在一起，但关于野兽本身的故事却不多，这诚然不是讲述者的本意。与野兽相关，特别是与野兽的生态相关的话题较少，确实另有原因。实际上，本书提及的话题可以和《三州横山话》的内容相关联。于是，故事发生的地点都在以横山村为中心，仅仅向外辐射几公里的地域之内。所有内容都是在这片土地上土生土长，流传至今的故事，所以才与《三州横山话》有着千丝万缕的联系。而没能将两本书合二为一，再分门别类地整理出来，也是让我心焦的憾事。

对我来说，横山是我家祖祖辈辈居住的地方，也是生我养我的土地。自出生后十多年，我都生活在这里，寸步未离。无论从人生的境遇，还是对故乡的情感上来看，我都是一个地地道道的乡下人。本就是生在农家，受到村中人情往来的影响长大，自然是村中的一员。对于村里人津津乐道的那些故事，我也是发自内心地深信不疑，甚至自己都感觉到震惊：我是如此完整地保留着作为村中人的乡土气息。不过，倘若书中出现了不是那么乡土的内容，那大概也是因为我在执笔时，已经在东京生活了十多年，沾染了城里人的习惯和批判色彩，实在不是我的初衷。然而，这也情有可原，毕竟当初开放在横山的花朵，终是在东京结出了小小的果实。

书中关于野兽的故事不多，其理由之一就是收集得不够充分。究其根本原因则是横山附近的地界上，已经鲜少出现这些野兽的踪迹了。不论地势还是环境，都已经不是它们的宜居之所。即便这里曾经遍布它们的足迹，那也是很久之前的历史。近代[1]以来，这里不过是野兽一时的容身

---

[1] 指明治维新以后的时代。

之地而已。如此想来，真实情况或许与传闻大相径庭。人们认为，野兽在这片土地上销声匿迹是三四十年前的事情，实际上也许更为久远。在记录一个又一个故事的时候，我心里不禁这样想到：这些故事就像火炉里焚烧殆尽的木块，在变成炭灰前闪烁着最后的光芒，又或许这是早已迁居远方的野兽们留下的暗号。

当然，还有野兽消失的程度问题。例如，明治三十年前后的段户山中现身的鹿群，也许只是古老传说的幻影。事实上，那时候的大鹿群早已翻山越岭迁徙走了，就像浓雾一样消散得了无影踪。

还有一个原因就是横山的地势。虽说这里是山村，但与外界往来频繁，人们忙到无法静心听完一个完整的故事。因为这里很早就通上了火车，所以野兽的故事可能先于野兽而消亡了。

流经横山境内贯穿东三河的丰川上游，距离远江县境三四里远的地方，有一个贫瘠的村落。在村子的西南方能看到丰川下游和东北山地的交界处。上了东海大道，沿着丰川的水流再走七里，这段路程都是在平缓的丘陵间穿行，再往后就突然山高峰峻起来。道路蜿蜒，盘踞在山间朝着信浓方向延伸。再往下走就是所谓北三河的山地了，也就是以前的振草乡，现在的北设乐郡。以段户山为首，月之御殿山、三濑的明神山等都是三河地区颇具代表性的深山。文明之光尚未照进这里，生活在这里的人们还深信着天狗、山男的存在。靠山吃饭的伐木工人和樵夫等人时常出入深山。他们把这些传说和故事口口相传地带出了深山，传播到平原地区。我也只是偶尔拾起这些故事的其中一人而已。

野猪、鹿等很多兽类最初的大本营也都在这里。村子挨着山脚，与野兽的栖息地相连。我相信，村民们在日常生活中也常与野兽打交道。就像家里的前门和后门，前门通向东海道大道是现代化的生活，绕到后门则依然是往日风貌。横山村就是这样一个村落。

然而，村里的人们所认定的野兽大本营，与今天我们所提及的地点颇有偏差。今年正月，我从北向游览了振草乡。据我所知，这里的野猪和鹿之类，消失了二十年以上。可现在人们反而认为这里是野猪的大本营。

实际上，我们一直以来深信不疑的人与野兽的交集，在这里早已不复存在。这样看来，横山的野猪只是一个被遗落在孤山里的族群，且为数不多。因此，一头野兽出现在不同地域，被人们误认为是多头的情况也不无可能。

本书收录的故事也是如此。这些故事遗落山间，本应不复存在了。也正因如此，有些故事仅是捕风捉影的怪谈。作者在记录这些故事的时候，一一确认发生的时间、出现的地点，并不是喋喋不休，而是想要告诉大家这些故事自诞生之际，就已经打上了地方传统的烙印。

不仅是野兽，书中记录的与野猪、鹿和狸相关的人或者家族的故事也是如此。我无法一一考证其真实性。例如，凤来寺行者越那家的故事，虽然发生的年代并不久远，但已有了不同的版本。剑术高超的又藏老人死于明治年间，关于其相貌就有两种不同的说法。一种是说他是个身形瘦小的独眼龙，还有一种则与之截然相反，极尽反驳之能事。据说，又藏确实只有一只眼睛，另一只是被一个大野町的人在一次祭祀活动的射箭场地上耍诈弄瞎的，才让他有了遗憾。这样的问题尚可考据，可又藏明明是个四尺几寸的小个子，却有人无理取闹，非得说他高大魁梧。这样一来，听的人也不知道应该相信哪个说法，还得考虑讲述者的想法再进行推测。当讲故事的人故去之后，这个方法便也无法实行，故事的真实性也彻底无从可考了。

我能做到的也只有列出讲述者的姓名和年龄，尽可能提供其性格供大家参考。性格姑且不论，姓名和年龄虽是必要的信息，但有时也是不甚清楚。实际上，大多数情况下我明明知道是谁，但因为种种原因，不得不隐去其真实姓名。一方面是担心介绍冗长不利于阅读，另一方面也是考虑到讲述者本人的意愿。关于这一点还请读者见谅，有些人讲述了这样的故事，担心自己会被周围人当成傻瓜，难免心生焦虑。当然，并非所有人都这样想，但为保万全，作者还是将讲述者的名字做了删减和更改。

在这本书即将问世之际，我首先想到的是东京山手区一处栎树环抱的小屋。那里距离护城河很近，位于一片高层建筑中。虽然位于东京市区，但却听不到电车的噪声。坐在屋里，透过玻璃窗眺望西向的庭院，能看到院中覆满青苔的地面。院子中央有棵樱桃树，突兀地伸展着枝丫，和它对面养了多年的吊钟花遥遥相望。庭院的尽头是石楠形成的围墙。如今回忆起来，我竟有好久没有去过那里了。每次到那儿去，我都会滔滔不绝地讲上了一个又一个的故事，不知不觉就积累了很多故事。即便是尘土草芥，积攒多了也难以割舍。当被人问到能否将故事整理成集的时候，我就下定决心将这些素材详细地分类记录下来。于是便有了现在这本书。仔细想想，也确实花费了不少工夫。其间，我见过庭院里的樱桃花开花落，结出果实后又几度开花；见过石楠树沐浴着阳光，片片叶子清晰可见；见过雨雪交加的日子，迷路的虎鸫闯入庭院，啄食地面的青苔；见过烈日当空的酷暑，白猫在院中的踏石间漫步。

如今想来不免汗颜，我竟然厚颜无耻地把横山地区的炉边夜话一个一个地搬了出来。话说回来，那个山手的屋子里，椅子前面放了正方形的火盆，就权当是"炉灶"吧。我既是围炉夜话中讲述故事的主人，也是正襟危坐、忝居末座的宾客。假如面前的火盆也有生命，也会嘲笑我这故事温吞无趣吧。在这期间，悬挂在横梁上明治元勋的书法，不知何时变成了横山的多余匾额，当真是不可思议。

末座的客人听完故事，起身离去，出了玄关后松了一口气。不知为何，他感受到一种难以言喻的、通体大汗淋漓的兴奋。院外满是耀眼的都市阳光。举步走向电车站，心中还在意犹未尽地回味着方才的故事，仿佛不愿从残梦中醒来一般，久久地怀念着家乡。曾经为他讲过故事的那些村里人的容颜，毫无预兆地浮现在他的眼前，那些毫无芥蒂的眼神铭刻在他的心间。

在这些人中，有人一语终了眼含热泪；也有人殷殷嘱托，见面细聊，工作之余不要忘记他；还有女子回忆起了小时候听到过，几十年来埋藏心底的故事。仅是看到他们的容颜，我就能体会到与他们同样的心情：平时尘封在心底的故事，一旦见了天日，心中便洋溢着幸福。

这些人中，有些人已经去世了。也有人讲过一次之后，就被工作和生活裹挟，再不曾忆起那些过往。

如果就这样放任不管，这些故事就会像无处可归的泡沫般消失。这样看来，这本小书，也算是为了那些人而写，是对山阴孤影最后的守望；对那些悄然逝去的野猪、鹿和狸无声的悼念；是一座算不上是"千猪冢"的供养塔。虽然造型拙劣，建者缘浅，可能会湮没于山中荒草之中，但却能作为实物被保存下来吧。如此想来，这些故事纵然会让主人生厌，火盆倍感无趣，但未尝不是一种特殊的缘分。这问题不在我一人。通过我的故事能看到我背后的众多人士、诸多野兽的身影。那就让我代这些人，替这些野兽，深吸一口气，向主座上的主人献上最诚挚的感谢吧。特此感谢一位难以忘怀的恩人。

早川孝太郎
大正十五年十月